U1021273

人总喝心灵鸡汤，

也会营养不良。

FANTASY
幻想家

03

临界·高科技罪案调查

临界

HTCI

红　书

郑军
著

北京理工大学出版社
BEIJING INSTITUTE OF TECHNOLOGY PRESS

版权专有 侵权必究

图书在版编目（CIP）数据

临界·高科技罪案调查．红书／郑军著．—北京：北京理工大学出版社，2019.1

ISBN 978-7-5682-6502-7

Ⅰ．①临… Ⅱ．①郑… Ⅲ．①科学幻想小说—中国—当代 Ⅳ．① I247.5

中国版本图书馆 CIP 数据核字 (2018) 第 272059 号

出版发行／北京理工大学出版社有限责任公司
社　　址／北京市海淀区中关村南大街 5 号
邮　　编／100081
电　　话／（010）68914775（总编室）
（010）82562903（教材售后服务热线）
（010）68948351（其他图书服务热线）
网　　址／http：//www. bitpress. com. cn
经　　销／全国各地新华书店
印　　刷／三河市华骏印务包装有限公司
开　　本／787 毫米 ×1092 毫米　1/32
印　　张／7.25
字　　数／105 千字
版　　次／2019 年 1 月第 1 版　2019 年 1 月第 1 次印刷
定　　价／32. 80 元

责任编辑／刘汉华
文案编辑／刘汉华
责任校对／杜　枝
责任印制／边心超

图书出现印装质量问题，请拨打售后服务热线，本社负责调换

目录

人类内心深处藏着洪荒巨兽

临界
HTCI

第一章　万物全图

羸弱的囚徒……

血污的刑具……

肮脏的解剖台……

刀具寒光闪闪……

日本军医捧着跳动的心脏在狞笑……

……

大会议室屏幕上，正在播放一段视频混剪。镜头是从几部以731部队为题材的国产影视剧里挑出来的，不过这并非是一次影视欣赏。

杨真坐在后排，不时看看前面的新人。产权组来了四个，技术组来了三个，杜姐和Keti姐都分配了助手，就是他们这个还没有确定下来的侦查组也补进三个人。入职不到一年，机构人数就扩展了一倍，一片兴旺气象。

今天，所有新兵都坐在会议室里，由处长做入职教育，老将们也跟着一起听。李汉云停住视频，指指屏幕上日本军医的表情。

“从20世纪80年代到现在，反映731题材的影视剧可能拍过十多部了。所有这些作品在表现日本医学家时，都把他们刻画成了龟田小队长。”

轻轻的笑声在会议室里响起来，等新兵老将们笑过去，李汉云接着往下讲。

“不，他们不是大头兵。如果只是为了制造暴行、散布恐惧，放几只狼狗把人咬死就行了。他们是真正的科学家，他们杀人不是为了虐待，是为了科学实验。在对战俘进行活体解剖前，他们有实验目标、实验计划，整个过程符合科学实验的程序。甚至，他们肯定取得了很多有用的研究成果。否则的话，战后美方不会给这些人打掩护。

“同志们，多年以来，人们在宣传科学时形成了‘为科者讳’的习惯。把光荣留给科学，把罪恶剥离出去，安在军阀、战犯、政客或者不法商人身上。但我们是司法人员，从事着以揭开真相为任务、以尊重事实为原则的职业，我们必须了解科学史上这些丑恶的片断。那些科学家不是帮凶，不是受到了蒙蔽，他们是从自己的角度出发去主动作恶。”

李汉云又从讲台上拿起一本旧杂志，封面还是20世纪80年代的装饰风格，上面印着“知识就是力量”六个大字。

“你们这些‘80后’、‘90后’，可能不大看这本杂志。我当年从中学起每期都买。开始不会深入去想这六个字的意义，只是着迷于其中的科学知识。年纪大了，会思考了，有一天我突然想到，不错，知识就是力量，但它是什么样的力量？是从善的力量还是作恶的力量？这本杂志上没有答案。科学教材里没有答案，甚至整个科学界都很少思考这个问题。但它们真的是力量啊！是传统手工劳动无法比拟的强大力量。今天的科学已经能够截江断河，改天换地。这么大的力量，如果不问是非，不加约束，那绝对是可怕的事情！

“所以，这就是咱们处的任务，将法律和秩序带进这个领域，让野蛮生长的科学守规矩。”

接下来，龙剑代表老骨干与新兵们分享工作经验。

“我这里有份部里的统计，过去一年中，什么类型的犯罪在下降？拐卖妇女儿童的犯罪！这种案件的最终购买者基本都在农村，而中国农村社区正以每年六万个自然村的速度消失。那什么样的犯罪在增加？网络电信诈骗案！因为中国网民的数量每年都在增长。”

“他就是爱得瑟。”杜丽霞坐在杨真身边，悄悄对她耳语，“应该你去讲才对，论破案，你比他贡献大。”

“上去讲话多紧张啊，还是坐下面听省事。”杨真倒没觉得有什么不妥。李汉云曾经把她和史青峰叫去单独谈话。告诉他们，对他们两个已经很熟悉了，以后这种场合会让其他人多讲讲。和老师认识那么多年，她不会有被冷落的感觉。

上面，龙剑仍然口若悬河：“如果在19世纪末，一群歹徒用电话商量犯罪方案，或者开着汽车抢银行，那绝对是高科技犯罪。所以我们这个工作并不神秘，就是在为几十年后普遍化的犯罪新形式做准备。”

◆ ◆ ◆

那幅画长两米半，高不到两米，被几块小磁铁固定在墙壁上。大部分画面呈暗红色，间杂着蓝、绿、黑之类的纯色条。画面细部十分复杂，许多小齿轮、小三角形、小光圈有序地编织成一道道粗线条，组成一个巨大的旋涡。

是的，这幅画乍一看就是个旋涡，像太极、像银河系、像热带风暴云图。一道道线条从中心延展出来，像是伸出无数条触手，攫取周围的一切，把它们卷入旋涡中心。这是一幅静态绘画，望上去却仿佛旋转不停。

整幅作品色彩搭配十分复杂，绚丽夺目。只是，除了迷宫般错落有致的线条，画里没有神，没有人，没有一草一木、一房一舍，没有任何人们熟悉的景物。

画面左下角标着一行巴利文，细小得仿佛不想让人认出来：天地秩序全图。

伯尔帕德——印度马得拉斯大学宗教系教授——站到离画面三米远的地方，不敢往前走。似乎再近一步，这幅有着三D效果的画作就能把他拖进另一个世界。或者，能把他鲜活的灵魂从脑袋里拖出来，吸进去，留下干瘪的肉体。

伯尔帕德提提鼻子，空气中散发着浓烈的血腥味，因为绘画的主要颜料就是鲜血！一个人仅有几升血液。画家为减缓血液凝固的速度，在里面加了肝素和抗凝血酶，还把血液置于低温状态下保存，令其颜色鲜艳而诡异。

天地秩序全图？画的内容无法言传，释放着强烈的张力，局部又画得十分细致。在这间静室里，一个人用画笔蘸着鲜血，用长达十几个小时的工夫去精描细绘。伯尔帕德看得出，要完成此作必须一气呵成，稍有间断，脑海中的形象就不能完整地再现。

“曼荼罗……曼荼罗……我从未看到这么精细的曼荼罗。”

梵文“Mandala”的本意是“领悟事物本质的方式”，引申为供奉神明的道场。现实中多为专门绘制的图案，向修行者提供宗教象征。曼荼罗出自古代印度教，这些图案在印度家喻户晓，许多印度教家庭将它作为装饰画。普通的曼荼罗绘画尽管形式多样，但都有一个共同特征，就是上下左右高度对称。

“这也能叫曼荼罗？它一点都不对称。”

提问的人名叫古布塔，印度喀拉拉邦高级刑事警官。眼前不是简单的绘画，它是一起凶杀案的证物！此时，他们正在喀拉拉邦首府特里凡得琅的刑事警察总部里研究案情。

“对称意味着圆满，圆满意味着静止，没有变化，没有成长。这是动态曼荼罗，它在宣示力量、冲动、破坏……这就是你们在现场发现的罪证？”

此图作者名叫夏尔马，今年已经85岁，出生在一个靠绘制宗教画为生的婆罗门家庭。不同于一般画匠，夏尔马并不临摹宗教形象。每次动笔前都要先行打坐，再画下从心灵中“看到”的幻象。据说信徒将这些画挂起来，对着它们静坐，或者闭上眼睛，观想画中图案，心无旁骛，久而久之就能与神界沟通。这种通神，从心理学的角度来看主要是通过暗示来完成的，类似于“催眠疗法”，前提是配合与相信。只有配合和相信，心理上提前有了某种预期，才会达到想要的效果——这与“洗脑”的心理机制是一致的。

最初，夏尔马这种怪画无人欣赏。后来，“通灵画家”的名声先在国外打响。进入20世纪70年代，西方国家里不少人厌倦了现代生活，追求灵性体验，他们将他的画视为通神媒介，为此大掏腰包，然后出口转内销。夏尔马在本国也成了名，身价随之飞涨，成了首位能把新画卖出上亿卢比的印度艺人。

就是这位徘徊在神人两界、用画笔传递灵性的画家，某天突然发狂，用雕刻刀刺死经纪人阿布舍克·巴强，将其鲜血抽空、另作处理，用这些恐怖颜料绘成了这幅作品。直到满意地画完最后一笔，夏尔马才回到现实世界，异常冷静地拨通电话自首。

警察来到现场时，房间里回响着一种诡异而不知名的音乐，巴强的尸体就摆在一边，因为被抽空鲜血，惨白得仿佛石膏像。夏尔马独自坐在血图面前，闭目打坐。

“嫌疑犯供述，他得到神的启示，只有鲜血才能彰显精神最底层的力量。从前，他的画作虽然有名，因为只使用矿物颜料，总是缺少这种力量。”古布塔向伯尔帕德介绍着案情，“所以才要杀人取血，以偿夙愿。”

印度大地充斥着各种神明传说，总数据说有三千万甚至三亿之多。随便以某个神为号召，就能聚起一方势力。对于专业警察古布塔来说，这是令他头疼的事。此案发生后警方一直严守秘密，回避媒体，就是不清楚案件有什么宗教色彩。夏尔马在全印粉丝众多，其中不乏高官显贵。如果照实公布案情，会不会引发某些人的宗教狂热？比如效法夏尔马去杀人，或者自杀，不管哪种情况都是警察的麻烦事。

于是，古布塔请来当地著名宗教学者伯尔帕德，此人多年来一直研究夏尔马的画作，发表过论文。宗教学家不是宗教家，伯尔帕德更是在英国接受过现代教育，会冷静地把宗教当成一种客观现象来研究，而不是投身其中而痴迷癫狂。以前，遇到有宗教色彩的案件，古布塔也请教过伯尔帕德，后者都能引经据典提供帮助。

只有这次，古布塔发觉伯尔帕德神情有异，他眼睛发亮，声音颤抖，难道是被这幅血图触动了？那不是一般的喜怒哀乐，是某种深埋在心底的情绪。

是啊，这幅画确实有魔力，能够融化人的冷静。由于先入为主，古布塔第一眼看到它，就仿佛见到许多支匕首从画面里飞出来，刺向他的面孔。仔细一看，画上却并没有这些凶物。还有个警员发誓说，他看到此画的同时，还听到凄惨的哭嚎声，好像画里面囚禁着厉鬼。

“你们警方如何判断这起案件？”伯尔帕德转过身，让视线离开那幅图。好像切断了某种看不见的射线，伯尔帕德又恢复了学者的冷静。

“我认为他和经纪人产生纠纷，一怒之下杀了人。清醒后为了逃避罪责，才编造出这种谎言，想误导我们警方。”

古布塔可不管夏尔马的盛名，他见过许多神棍，夏尔马只是其中包装得比较成功的一个。“当然，谎言要编得像，他得亲手绘这么一幅画，普通罪犯办不到。”

夏尔马这样的名人犯了案，早晚媒体会知道。他这么一装神弄鬼，就为自己做了铺垫。很多粉丝知道后会认为这是神要用鲜血传递旨意，夏尔马只是神明控制的媒介。古布塔见识过这类案件，本来很简单的事情，一打上神的烙印就不好处理。

然而现场不乏疑点。夏尔马年事已高，严守戒律，终日素食，每天只吃一餐。据说这样才能保持内心空灵，以便让更多神光在脑海中闪现。夏尔马平素就像苦行僧，身材矮小，枯瘦如柴。而他的经纪人才30多岁，壮汉一条。如果两人搏斗起来，经纪人能够轻松扭断夏尔马的胳膊。

警方在画室里确实发现了搏斗的痕迹，夏尔马并非偷袭得手，而是正面出击。死者身中数刀，每一下都刺中一条大动脉。不仅准确，而且手法凌厉。古布塔查看尸体时，很难相信下手的是个80多岁的老人，然而，不仅夏尔马承认杀了人，现场勘察也没找到第三个人留下的证据。

“你说得对，这画不能公开。”伯尔帕德用手指着血图，视线却尽量不碰它，畏手畏脚，搞得姿势很别扭。

古布塔不懂绘画。是的，这幅画很精细，也很漂亮，但也就如此而已。“那么，您认为它确实有宗教含义？是哪一派？什么观点？”

“这个……这个……”下了很大决心，伯尔帕德才敢正视那幅动态曼荼罗，“此画主题是破坏、混乱、非理性……总之……请原谅，语言传递不出它的内涵。至于看到它的人会有什么反应，那可因人而异。不认可、不相信这幅画具有神奇之力的人只会把它当成装饰画，而相信的……相信的人……”

古布塔皱皱眉，他从未看到伯尔帕德分析宗教案件时如此颠三倒四。它到底是什么教派的象征？公开出来会不会有人会受到暗示去杀人？古布塔无非就想知道这些。

“它不属于任何教派！夏尔马的画……我是说他最近20年的画，没有任何临摹对象，也不是按照任何一种宗教传说去绘制。他画的幻象只存在于他脑子里，买它画的人也是什么教派都有。印度人、西方人、中国人、日本人……”

这次，古布塔得到了有点逻辑的回答，但却没什么用途。

"请原谅，我不是和你卖关子。"伯尔帕德看来已经平静下来，他走到那幅画面前，指指左下角的题字，"你瞧，夏尔马写得很清楚，这是他心目中宇宙秩序的图景。但是你要知道，宗教传递的不是知识，不是逻辑，而是内心体验，这东西一旦用语言说出来就会走样。"

生活在宗教气氛浓厚的国度里，这些玄妙的理论古布塔多少听过一些。没办法，每天接触法律条文，证言供词，司法人员就是要和语言文字打交道，总不能把某种"感觉"记录在案。

"可是刚才，您似乎也体会到这种感觉？"

"确实有一点点，只是一点点，它很邪恶……很残忍、很……恶心！"忽然，某个现实问题将伯尔帕德从遐想中拽了出来，"夏尔马关在哪里？"

"海岸区警察分局。"

"海岸区？那里很偏僻，为什么关在那里？"

"案发地正在那个警局的辖区里，按规定就关在当地，直到正式起诉才转移。"

伯尔帕德看看画，看看古布塔，又看看画，反复几次后，终于做出了某种推断。"那个分局保卫措施严密吗？"

“怎么？你担心会有他的信徒劫狱？”

“不，我担心他会从里面冲出来！”

◆ ◆ ◆

医学院，牟芳的母校。

主教学楼前面的草坪上，几百名师生庄严肃穆，站在一座蒙着黑布的雕像前，参加揭幕仪式。牟芳作为优秀的往届毕业生代表，也赶来参加这个仪式，她还特意请杨真到场，见证这一时刻。

台上有两位工程院院士、学院院长和众多专家学者。嘉宾们陆续讲话后，一起揭开幕布。纪念碑底座上端坐着两只动物雕像：一个是鼠婆婆，鼻梁上架着眼镜，正在打毛衣，憨态可掬；旁边是兔哥哥，正在低头嗅着什么，萌性十足。

雕像底座上八个大字：“魂归自然，功留人间！”

接下来，几百名师生手捧白花，排着队，轮留给鼠婆婆和兔哥哥献花。牟芳和杨真也走在队伍中间。走到近前，杨真看清了纪念牌上镌刻的一行小字：“铭记实验动物为人类医学事业做出的巨大贡献。”

许多年前，那些被她捏在手里的实验动物的样子一一在记忆里回放。实验动物当然不止这些，杨真还解剖过青蛙，在狗的腹部造瘘，将猴子的脑做成切片。不过考虑到与人类基因的接近程度以及来源方便两个因素，鼠和兔是生命科学界最常用的实验动物。

杨真将白花放到纪念碑前，深深地鞠了个躬。

两姐妹挽着手离开现场。牟芳那双手经常做保养，纤细白嫩，然而它们能够精确地操作电钮和骨钳，能打开杨真的颅骨，还能稳稳地操作双刃脑刀，将李文涛的脑制作成断层标本，用力均匀，一气呵成。

两个人坐在远处花坛边的长椅上。“怎么样，还有那么多罪恶感吗？”牟芳问道。

“唉，如果我像你一样从医，它们才死得值，现在我做了警察，和治病救人隔着十万八千里。”

“也没那么远，如果不是从解剖台上得到的经验，你那些案件哪那么好破？”

在“旌旗岭”和“我们”两个案子里，牟芳一直以科学顾问的身份参与侦破，和杨真配合得很好，她也知道杨真在案件中的贡献。

“一直以来，我们医生都被污蔑成屠夫、冷血动物。其实，哪个慈善家有我们为人类做得多？”牟芳知道，杨真心里有些结不容易解开，她能做的就是介绍自己的人生感悟。“多亏了有我们，像李瑾那样所谓的动物保护分子才能多抗议30年。”

“多抗议30年？”

“是啊，中国引入现代医学之前，人均寿命才三十岁左右。因为有鼠婆婆和兔哥哥帮忙，我们把这个数字提高一倍还多。100年前，肺结核就能要人的命！”牟芳与韩津曾经是小学同学，初中同班，分手后不光讨厌他，还反感他那一圈子人，“能写漂亮文章，能讲漂亮话，一时半会儿能够迷惑人，相处久了你就会知道，他们的脑子里都是空的，他们不知道自己生活在怎样的世界上。人总喝心灵鸡汤，也会营养不良。再说，要讲文学素养，他哪里比得上卢老师？”

身为警察的专业训练，身处困境时的果敢，都不能帮助杨真摆脱内心的彷徨。她需要牟芳这样的过来人分享经验。“芳芳姐，我心里踏实多了，谢谢你。”杨真握了握嫂子的手。是的，并非所有科学人都不知道自己在做什么。他们当然知道，大部分人都知道。他们只是很少主动讲出来，或者，社会根本听不到他们的声音。

听不到他们的声音？一个念头跟着涌现出来。走到停车场上，杨真站在自己的车子旁边，拨通杜丽霞的电话："杜组，李瑾还坚持要采访咱们一线办案人员吗？"

"是啊，已经发了几次申请函，我正不知道怎么应付呢！"

李瑾，八年前那个打着标语反对动物实验的女学生，现在已经是××电视台的新锐主持人。她们第一次相遇时，韩津还在和牟芳谈恋爱，李瑾也有男朋友。后来，杨真先走到韩津身边。当时，她还不知道自己只是两个备选之一。虽然李瑾与韩津的共同语言更多，当年的韩津却在想，如果能改造一个痴迷于科学的妹子，意义岂非更大。

结果李瑾成了备胎。几年前，杨真也离开了他们的圈子，那两个志同道合的人才终于走到了一起。

"但是她一定要采访，对吧？"杨真问道。

"对！她说这个案件代表着一种趋势。"

××电视台影响力巨大，他们的采访也不好应付。不仅问题刁钻古怪，而且经常预设立场，被采访人不知怎么就会中了圈套。杜丽霞不愿意趟这个雷。

“那我去吧！”杨真自告奋勇。

“你……这可不是小事，处长同意吗？”杜丽霞负责外联，接受媒体采访的事也包括在内。兹事体大，她不敢自己做主。

“我去申请，他会同意的。”

◆ ◆ ◆

30年前，有感于当时的心理实验仪器粗糙简陋，肖毅夫妻承包了校办工厂。以此为平台摸爬滚打，研发改进，生产出一批新型心理仪器。后来，以这家濒临倒闭的校办工厂为基础，他们创办起新力公司，一步步将其发展为全球规模最大的心理实验与训练装备公司。

功成名就之后，肖毅把重担交给儿子，自己将主要精力用于科学研究和公益事业。

30天前，新力公司董事长肖亚霆也离开经营前线，为上市做一系列路演。从父亲那里接班以后，他还没有离开第一线这么久。这天刚下飞机，回到公司，肖亚霆就把几个销售经理叫到办公室，听他们介绍这段时间的情况。

“海军陆战队，遥测式生物反馈仪，190套。”一个经理汇报着业绩。

“陆军呢？”

“他们说要等公司下一代产品。”

在肖亚霆读书时，生物反馈仪还是一台铁皮箱子，粗犷而笨重。当年肖亚霆要端坐在它旁边，规规矩矩地戴上导线，才能得到数据。感觉自己像是衰老的病人。现在他们出品的生物反馈仪还没有手表大，直接镶在军服里。任凭士兵蹿蹦跳跃，指挥官都能在一千米内读到他们的各项心身指数。

“下一代就下一代，上市后拿到钱，我会批三成给研发部门。咱们要甩掉竞争对手一两代……学校那边怎么样？”

“智能教师只出货1210套，没办法，人家还是认清华紫光。”另一个业务经理回答道。

肖亚霆挥挥手。他在家里是乖乖仔，到了公司，就是运筹帷幄的统帅。“一点点来，品牌建设都是慢功夫。对了，亚雯发明的那套衣服卖得动吗？”

“成本太高，零售价下不来。”第三个业务经理摊了摊手。

“那就给顾客多讲故事……”

肖亚霆一块块业务问过去，上市临近，销售数字尤其要漂亮。就这样，轮到外销经理站到他面前。“筒形探测器25台……”

“卖到哪里？”

“印度。”

“这么多？”

“465万美元，不赊欠、不分期，现金转账。”销售经理还沉浸在胜利的喜悦中。

“一个客户买的？”

“是啊！”

“他买这么多探测器干什么？炖着吃？”

正电子断层扫描仪的核心部件就是探测器。正规医院使用的仪器里面是环形探测器，人要躺着进去才能检测。这不是人类通常的行为习惯，检查疾病自然没问题，用于心理实验就很别扭。每次都得让被试躺着，那单位时间里才能做多少次实验？

经过十几次试制，新力公司终于搞出筒形探测器，可以在3米内捕捉到足够强度的信号，记录下日常活动中人类脑部发出的信息。这是一次巨大飞跃，但是价格也翻了几倍。一时找不到买主，公司首代产品压了不少。

“重要的是库房都清了，咱们可以研发下一代。”销售经理生怕老板忘了奖金，不断旁敲侧击。

情况不错，全公司销售业绩比上个财季提高32%，公司仍然在飞速成长。肖亚霆一高兴，就把经理们拉出去喝酒、唱歌。

灯光打在身上时，肖亚霆环顾四周，忽然又想起那25台筒形探测器。如果把它们按照恰当的距离排列好，正好可以覆盖舞池这么大的一个空间。

算了，喝酒，货都发出去了，管他们买去做什么呢！

第二章　回光返照

伯尔帕德再三催促，古布塔终于给海岸区警察分局拨了电话。没人接！伯尔帕德转身就往外走。“一定出事了！咱们先去看看。你得叫特警来支援！”

太夸张了吧！古布塔知道基层警员习性懒散，不讲规矩。没人接电话？无非是值班室里正好没人。夏尔马并非惯犯，更没有同伙。而且他已经85岁，关在警局里能有什么危险？

“先生，您究竟担心什么？”

“我担心的事，说出来你不会相信，只能到现场去查看，但愿它没发生。”伯尔帕德指指那幅诡异的血图，“85岁的老人，宰羊般干掉一个壮汉，你没怀疑这里面有什么不对头？”

古布塔跟着伯尔帕德走出来。两人开上车，在夜幕中行驶于特里凡得琅的街头。这里曾经是德国殖民地，有不少西洋风格的建筑，街道也比一般印度城市整齐。他们朝着阿拉伯海方向驶去。一路上，伯尔帕德又催促古布塔通知特警支援，却无法说清理由。

本城确实有一支特警，名叫印度工业保安部队，但那是为保护当地航天机构设置的，地方上发生案件轻易不会出动。听伯尔帕德讲得很严重，古布塔决定先到分局看看再说。

喀拉拉邦既是印度的一个文化中心，也是科技中心。特里凡得琅有印度海军基地和宇航中心，聚集了大量知识分子，人口素质很高。全印女性只有4成识字，这里的女性识字率超过95%。即使如此现代化，它也逃不过印度其他地方都遇到的麻烦，就是经常停电。尤其在这一年中最热的季节，停电频率大增。

城区不大，十几分钟后车子就来到海岸区警察分局外面。这里已是郊区，周围都是窄街陋巷。因为当地街区赶上停电，街头摊贩燃亮汽灯，点点烛光从附近民居里透出来。“看吧，没发生意外，只是停电，这帮懒虫一定跑到外面乘凉了，所以才没人接电话。”古布塔悬着的心放下一半。他没有这里任何警察的手机号，座机又不通，只好亲去自查看。

伯尔帕德的眉头仍然紧锁：“警察分局这么重要的地方，难道没有备用发电机？”

对于下面分局的情况，古布塔还真不清楚，只好继续驱车向前。这个警察分局很小，规模类似于中国的派出所。此时铁门紧闭，没有听到发电机运转的声音，里面漆黑一片。他们停好车，走向门口。只见那里站着几个附近的居民，正朝里面指指点点，议论着什么。

“怎么了？出了什么事？”古布塔问道。

“刚才里面有惨叫声，很吓人。”一个围观的市民说道。

“确实有惨叫声，附近很多人都听到了，一定是警察又在刑讯逼供。”另一个人推测道。

“不不，那不是挨打时发出来的，好像临死前的惨叫。”旁边又有人夸张地形容着。

“恐怖袭击？对，一定是恐怖袭击。”

“那为什么没有枪声？”

……

古布塔终于感觉到不妙，他一手拔枪，一手打开电筒。围观的人见此情形，纷纷后退。大门依旧紧闭，古布塔喊了几声，里面没人回答，只是隐约传出一阵阵诡异的曲调。空气里飘过丝丝血腥。不，这次他并没有真的闻到血腥味，空气中只有海风带来的腥咸，是对危险的预测让他产生了错觉。

古布塔贴在门缝上看了看，里面用门闩反插着，于是他退后两步，隔着门缝连连射击，打断门闩，冲了进去。院子里黑乎乎的，一个瘦小的人盘坐在那里，古布塔用手电照向他，正是犯罪嫌疑人夏尔马。他几乎全身赤裸，布满皱纹的皮肤上涂着大片鲜血，头发上还有血正往脸上淌，看起来就像是一尊用印度红色砂岩制造的雕像。古布塔以为他受了重伤，想上前问询，走近后才发现夏尔马摆着莲花坐，双脚内盘，脸上似笑非笑，如老僧入定，没有一丝痛苦的表情，嘴里却不断哼唱着那不知名的曲子。曲子没有什么旋律，很像噪音，却不让人心烦。

“救……命……”一声无力的呻吟从旁边传来。古布塔将灯光照向那里，只见一个警察躺在地上，侧着脸抽搐着。接下来他又看到第二个、第三个……不用问，在这里值夜的警察全部被打倒，所以才没有任何人跑出来报警。

被谁击倒？被这个行将就木的老头？

古布塔马上用手机通知工业保安部队，然后又端着枪四下看看。确实没人劫狱，只有夏尔马端坐在院子中间。

古布塔想过去看他的伤势，却被伯尔帕德一把拉住。

“你还觉得他只是个老头子？”

电光照射下，夏尔马睁开眼睛，停止哼唱，然后冲着他们微笑，看起来根本不想逃跑。“这些警察都是你杀的？”古布塔厉声喝问。这个老头不光要赤手空拳殴伤一群壮年警察，过程一定还非常短，短到没人能跑出去。

“‘红书’……‘红书’……伟大的‘红书’，天地间所有的秩序，我都从上面看到了。我的一生……圆满了！”

“果然是‘红书’，它在哪里？”伯尔帕德问道。

“你也想看到它？”夏尔马蔑视地望着这个中年人。“你以为它是手机上传的那些烂货？这书你得用生命去读……你有准备吗？”

“告诉我，你是怎么看到原型的？”伯尔帕德突然变得非常急躁，连连质问。不过，他的身子仍旧站在大门附近，仿佛夏尔马是一颗随时可能爆炸的炮弹。

夏尔马指指自己的脑袋，算是做了回答，然后头一歪，保持盘坐姿势，再也不动了。

10分钟后，工业保安部队指挥官萨拉什卡带队赶到现场。经过清理，一共有5名值守警察遇害，不是死于硬物重击，就是被锐物插入心脏致死。凶手只有一个人——85岁的宗教画家夏尔马。

◆ ◆ ◆

标有“××电视台”字样的采访车驶入第一研究所，李瑾穿着一身阿玛尼走下车子，身边还带着摄像师、化妆师，前呼后拥，很是气派。一路上遇到不少警察，限于纪律，他们不能走上来围观、索要签名，但还是忍不住在她背后指指点点。

李瑾早就习惯了这些场面，她来到小会议室，看到了等在那里的杨真，那种习以为常的心情突然就被打破了。

“你怎么会在这里？”

“应你的要求，回答你的问题。”杨真主动伸出手，“自我介绍一下，高科技犯罪调查处侦察组副组长杨真。”

自从在大学生理实验室门外走廊见过第一面，她们已经认识10年了。两人的身份不停地变化，与韩津分手后，杨真也好久没和她联系过，现在当然需要重新认识。李瑾机械地握握杨真的手，她的节奏一下子乱了，来之前满满的信心被眼前这个人戳破了。

“你……这案子是由你调查？你什么时候来这个处的？”

李瑾要采访的是天平公司的案件。李文涛案件性质更为恶劣，但是规模很小，社会上一无所知。心理实验大楼的事件李瑾早有耳闻，不过台里发下指示，禁止去采访，她也得服从纪律。

“天平公司案件不由我直接调查，但我也在这个部门，处长授权我来回答你。”

杨真曾经是电视台著名主持人的女朋友这段往事，处里这么多人，只有李汉云知道。杨真与韩津分手时，还在读人民公安大学研究生，虽然已经算警官，更像年轻学子。李瑾从来没见过穿着警服的杨真，更何况她此刻如此咄咄逼人。

“这……你能够……”

“这是个讲证据的地方。”杨真决定煞煞对方的威风，“只要你履行约定，不偷摄盗录，我就回答你的问题。这里不是民企，是公安部的直属机构！”

“那……那肯定不会，我们也是国字头的。”顶着著名主持人的光环，李瑾还从未遇到这么咄咄逼人的采访对象，对方又知根知底。李瑾定定神——必须把自己从被动中解脱出来。怎么办？对，只围绕问题，其他先放到一边。

于是，李瑾让助手准备好录音笔，将约定的问题逐个提出。杨真一一作答，一边讲，一边警惕着对方——这句话有没有圈套？这里挖没挖坑？还好，李瑾比平时老实得多。案情介绍完了，她把问题转到这个新奇的单位。“你是说，你们要对科学研究进行监管？科学也需要监管吗？”

果然开始明知故问！杨真从心里发出一阵冷笑：“以前的科学就像在青春期，天真烂漫，疯狂生长，但是会闯祸。我们要让科学成熟起来，学会自我克制，自我约束。成熟的科学会更有力量。”

杨真知道李瑾为什么而来，七拐八绕，她总要回到她喜欢的结论上去。

“也就是说，你认为科学中有恶的成分？”

“都21世纪了，我想这早就不是什么问题了。世界上任何事物都不应该被粉饰，其中就包括科学。反过来，任何事物也都不能被污蔑，其中当然也包括科学！”

从小立志当科学家，长大后却穿上警服，这要多亏当初韩津的鼓动。警惕科学，警惕科学家，找到科学中的恶。天天被韩津这样洗脑，杨真也深以为然。不过，怎么才能实现这个目标？光靠写文章、喊口号肯定不行。终于有一天，杨真在网上发现李汉云的论文。整个中国就没几个人系统地研究科技犯罪问题，杨真立刻选择报考他的研究生。踏进公安大学的门，当然就成了警察。

“全国几千万科技人员，无数的科研机构，你们要怎样实现监管科学的目标？”

“我们……”杨真收住了嘴。是的，这个问题不该由自己来回答，“对这个长远的问题，我们还要进行广泛的研究才能有答案，今天只介绍回答具体问题。”

杨真打起官腔，把李瑾给逗笑了，她马上收起笑容。“请问杨警官……如何评价天平公司在非法实验中取得的成果？”

杨警官？这身份好可笑，但却是千真万确。那个曾经在韩津身边蹦蹦跳跳，让她妒在眼里却讲不出话的小姑娘，居然成了严肃的警官。李瑾念着这个拗口的称呼，觉得很好笑。

“你指哪方面的评价？如果指科学价值方面的评价，需要请医学家来回答。”

"我是指如何评价这些成果的性质。如果一项人体实验的过程非法，它的结果合法吗？此案标的物就是这些知识产权，它们以后的归属该怎么处理？"

这不就是处里同事们正在研究的问题吗？不不不，要冷静，刚才那种突然袭击的快感消失不见。是不是对李瑾的偏见太深了？她并非只是来套别人的话，她做了相当的准备，进行了深入的思考。该怎么回答？这个问题根本还没有答案。想了想，杨真只好去讲一番大道理。

"我国在法律制定过程中比较严谨，立法通常有很长周期，而科技发展十分迅速。我才本科毕业不到十年，当初学的不少知识都陈旧了。当然，我也希望涉及科技方面的立法有前瞻性。比如西班牙，现在有'改变人体基因罪'和'制造基因武器罪'，而现实中的生命科技都还没发展到这一步。"

"制造基因武器算犯罪，那克隆人呢？在国外算不算犯罪？"

"据我了解，至少在澳大利亚算是犯罪行为。"

杨真成功地把话题带上自己的节奏。聊了很久，李瑾才发觉有异，关上了话筒。"呵呵，你是不是想拿我当传声筒？”

“你们媒体人，不就是真理的传声筒吗？”

“好好好，你是专家，我尊重你的意见。”

沟通结束后，杨真将李瑾送到采访车旁，两个人再次握握手。李瑾大上一岁，个头又高，衣装华贵，看上去更像个姐姐。她伸出手，给杨真整理着被风吹乱的衣领。

“杨真，大韩如果知道你在做这样的工作，他会高兴的。”

“谢谢你们的欣赏，不过，我做的事情可能和你们想象得不同。”

“怎么？”

“我在帮助科学成长，而不是让它灭亡。”

这当然不是××电视台的目标，而是韩津和李瑾自己的事业。杨真揭破了这层窗户纸，李瑾的脸色白了一阵，忽然问道：“你还记得小普阳吗？我那个远房亲戚的孩子？”

普阳从小寄养在李瑾家，以前他们到她家去玩，几岁的小姑娘总是爬上爬下和他们捣乱。“记得，那孩子现在有十四五岁吧？”

“她永远没有14岁了，前年死于癌症，肾母细胞瘤。”

杨真愣住了，那个天真烂漫的小女孩居然走得这么早。李瑾很有风度地拍拍杨真的肩膀，回到车上，又探身到窗外对杨真说：“为了更多的孩子能避开这个命运，我不会停止我的战争。”

◆ ◆ ◆

数量惊人的工程师，全球第二大软件市场，并不等于良好的基础设备。在印度许多地方，类似海岸区警察分局这样的部门还没装监控，只是在审讯室里摆着录音机。就是这台录音机，复述着夏尔马最后一刻的疯狂。

停电前，办案警官再次提审夏尔马。老人端坐在隔离室中，声称自己正在与神沟通，希望别被打扰。警官可不管他装神弄鬼，叫过两个壮汉，拎麻袋一般将他拖进审讯室，打开录音机开始提问。

夏尔马仍然沉浸在自己的世界里，不管警察问什么，他只顾描述自己见到的异象，讲解着什么才是“天地秩序本源”。这可惹怒了警察，扑上来扇了他几个耳光。清脆的抽打声在录音里清晰可辨。

然后，停电发生了，从几个警察谈话中可以得知这一点。录音机因为用电池带动，还在记录周围的声音。接下来事情变得十分诡异。夏尔马开始念经，又或者在吟唱着什么。录下的声音悠扬婉转，动人心弦。对警察来说这当然是火上浇油，录音机里爆出呵斥声，接下来是惨叫声、击打声、物品的碎裂声。所有这些声音混杂在一起，突然爆发出来，短促而凄厉，迅速远离了这间屋子。

击倒分局里所有警察，夏尔马只用了3分钟，其中5人当场死亡，7人重伤入院，大部分昏迷不醒，处于危重状态。只有2名伤员勉强可以讲述当时的情形。夏尔马连50公斤体重都没有，而且行将就木。看到他开始狂击一名警官，其他人都没在意，一拥而上想把他制伏。没想到凶手突然变成哈奴曼，在人群中蹿蹦跳跃，碰到对手便来上致命一击，或踢或打，或撞或扎，随手抓件什么东西，便能一击致命。

等到剩下的警察发现主客易位，想拔枪射击或者逃跑，已经来不及了。只有一个人逃到院子里，被夏尔马将一支钢笔插进后背，没有任何人跑出分局。就是两个还算清醒的目击者，惊慌失措中也没看清夏尔马用了什么招数。他们说他像是神猴附体，又像恶狼转世，上蹿下跳，踢打撕咬。

如此剧烈的运动不仅打倒了所有对手，也要了夏尔马的命。仿佛魔鬼附体在这个干瘪老人身上，又像是一辆老爷车装上了火箭发动机。激烈打斗让他的循环系统和运动系统爆发出几倍能量，而身体毕竟早已衰朽。那个魔鬼离开后，只留下一具心血管破损、肌肉多处撕裂、兼有大面积骨折的尸体。

夏尔马在格斗中受了不少外伤，却并非被警察击中，而是他用蛮力击打对方时给自己造成的伤害。即使从里到外伤个遍，夏尔马也没有立刻摔倒。他摆出“跏趺坐”姿势，安然离世，那是个令婆罗门阶层骄傲的死亡姿势。死后身体还能保持平衡，并不倒下，警察只好直接将他抬进停尸间。

“这是什么功夫？王瑜伽？卡拉里帕亚特？”古布塔被终生未遇的诡异事件惊呆了，拼命想找个合理解释。他提到的那些名字，都是印度有名的传统武术。

伯尔帕德摇摇头：“夏尔马只是个画家，没练过任何武功。至于这种神力，按照他自己的解释，就是多年追求梵我合一，最终从梵天那里得到的。当然，你要想听科学的解释，可以跟我去一趟精神病院——精神病人处于癫狂状态时，会在瞬间爆发巨大能量，这与他们的大脑异常放电，体内各种激素过量分泌有关……”

第三章　人形武器

做警察当然要会射击，调查处的伙计们也不例外。虽然大部分人都不用出外勤，但射击考核必不可少。

这天，大家又被拉到靶场。站到他们面前的却是个特殊的教官——公安部心理训练顾问肖亚雯。很多年前，新力公司就成为公安部心理训练服务商。他们的专家经常给高级警官们做心理训练，有时候肖亚雯也过来主持。

看到杨真站在队列中，肖亚雯朝她挤了一下眼睛。拿好手枪，瞄准靶心，打了两个10环。杨真带头鼓起掌，同事们也跟着鼓起来。这并不出乎她的意料，肖家是从体工大队起家的。在训练军警之前，他们就给国家射击队做心理训练。肖亚雯能站在这里，枪法自不必言。

接下来，肖亚雯拿起桌上的眼罩，自己戴好，转身面朝标靶。稍作调整，砰砰砰！打了两个9环，一个8环！

如果说刚才的掌声还只是客套，现在则是发自内心。天啊！好棒！精彩！各种形容词从四面八方包围上来。肖亚雯摘下眼罩，给大家讲其中的道理。

“人类有8种感觉。视觉、听觉、嗅觉、味觉和触觉指向外界，给大脑提供了95%的信息，这五种感觉大家从小就会用。还有3种感觉，机体觉、平衡觉、内脏觉，它们指向身体内部。除了饥饿、生病、晕车等特殊时刻，大家很少体验到它们，更没有练习过怎么主动去运用。所以，心理学家把它们叫作‘黑暗感觉’，意思是沉睡在黑暗中的，不清晰的感觉。

“今天我们进行的训练，便是要帮助大家挖掘这些黑暗感觉，提高对身体内部运动情况的敏感程度，进而提高技能训练水平。”

接下来，肖亚雯和助手给每个人发了眼罩和耳麦，要他们闭着眼射击！每次射击后，助手都会通过耳麦提示命中的环数，以及命中点所在的位置，比如“三环，右下方”，或者“四环，左上方”。学员要通过内部感觉微调手臂位置，让枪口朝向靶心。

人们从小就习惯用眼睛寻找目标，蒙上眼睛的结果可想而知。少的打了几枪，多的打了十几枪，都是成绩越来越差，甚至频频脱靶。

“这样训练真行吗？没听说过啊！”

“怎么不行，杂技演员还蒙着眼睛使飞刀呢！不过那是表演，警察学这个有用吗？”

“我看过《星球大战》，别是让我们练习原力吧？”

“……”

一片怀疑声中，杨真站到射击位置上，戴好眼罩，站定，调息，举枪。第一发只打了2环，学员队伍里传来窃笑声。

杨真根据提示音再做调整，第二发打了6环！大家不笑了。

第三发打出8环！

“杨真，你们姐妹俩没作弊吧？”迟健民笑道。

“是啊，你肯定是肖老师的托。”韩悦宾也开着玩笑。

杨真揭下面罩，哼了一声：“你们有起哄的工夫，跟着教官好好练，到时候咱们靶场见。”

训练完毕，拎着大包小袋，杨真跟着肖亚雯走出商场。日头偏西，两人比较一下路程，看看谁家更近，答案是杨真的家。她们就带着血拼战利品杀奔过来。杨真掏出钥匙，利落地打开门……

站在客厅里，杨真听到母亲卧室那面传来一阵凌乱的声音。卢红雅慌乱地走出来，衣衫不整。肖亚雯也看到了她的父亲，肖毅站在后面，尴尬地朝女儿笑笑。

肖亚雯反应飞快，把手里的东西扔到沙发上。“爸，卢阿姨，你们继续，我们放一下东西就走。”

杨真也跟着反应过来，先喊了一声“肖老师”，把东西放到椅子上，转身就走。“你们……一起吃晚饭吧？”卢红雅尴尬地客气道。

“不不不，我们都是单身狗，见不得你们秀恩爱。”肖亚雯和父亲没大没小惯了，说话不绕圈子，“妹子，姐带你去个好地方。”

杨真顽皮地凑到母亲耳边，悄声说道：“妈，祝你早生贵子……”

“去去去，坏丫头，我都56了，生什么生！”

杨真吐吐舌头，跟着肖亚雯跑到电梯间。“雯雯姐，咱们有家不能回啊，现在去哪里？”

“跟姐姐去开房！”

一句话差点没把杨真吓得蹦起来。仔细一问，原来这是肖亚雯的生活习惯，如果忙起来懒得做饭，不想收拾屋子，肖亚雯就会找家星级酒店睡一觉。早上再坐到酒店餐厅，端起咖啡发一阵呆。好吧，来场说走就走的短途旅行。两人随便挑了家五星酒店，开了个双人间。杨真毕业没多久，手头不宽裕，自然由肖亚雯买单。她们家都是富翁，不在乎这点钱。

两人在酒店健身房里游了泳，去日料馆尝了寿司，跑到楼顶平台上借着北京的夜景玩自拍。最后，姐妹二人买上一堆零食，点了两杯长岛冰茶，坐在房间的地毯上谈天说地。

刚撞到父母的好事，话题免不了从这上面开始。杨真回忆起她的家庭生活，别说从没遇到父母过夫妻生活，甚至没看到过他们有身体接触。拍拍肩、拉拉手这些动作都从来没有过。在一个屋檐下，他们做了不知道多久的陌生人。

“唉，我估计，他们离婚前就分居了七八年，我妈应该很多年没尝过那个滋味啦！”

“那可说不准。”肖亚雯诡秘地一笑，“你爸妈分居，和伯母有没有性生活，那是两回事。”

杨真用了几秒钟才醒过味，扑上去装着要打肖亚雯。“好啊，有你这样的女儿吗？给你老爸找情敌。”

“别别别。”肖亚雯挡着杨真的胳膊，“我爸那么优秀的男人，怎么可能怕这个？”

女人们聊天，转来转去，早晚都得转到感情线上。接着，杨真回忆起自己的感情生活。离开韩津后，杨真又接触过几个男人，或许是曾经沧海，感觉一个不如一个，终致心灰意冷。

肖亚雯听罢，正色道：“我看卢老师说得对，你这么优秀的基因，真别耽误了。”

“那也不能为生孩子就找个人凑和吧？”

“不用凑合。”肖亚雯比杨真大7岁，仍然过着单身生活，显然经验丰富，“你知道冻卵吗？你现在这个年纪，卵子质量最好。可以到医院取出来冻上，保证10年内都有活力。哪怕你快到不惑之年才找到意中人，把现在的卵子拿出去配，也能生个健康宝宝。”

“这个……不违法吗？我得查查。”杨真知道这属于“人工辅助生殖”范畴。各国都有不同的法律约束，而且随着技术发展不断变化。她不知道现在的规定有哪些。

“法律这根弦你绷得真紧，放心吧，在中国不违法，嫂子她们医院就能做。”

话题又转到肖亚雯的感情生活上。她开始讲自己的男朋友们，很多年的经历压缩到一起讲出来，听上去好像是走马灯般地换男人。说者无意，听者可有心。“姐，你说了这么多，都不是你想嫁的人吧？”

是啊，能随随便便讲出来的故事，一定没有藏在内心深处。肖亚雯的神色顿时暗淡下来，咬着酒杯的边，半天没说话。认识她几个月，杨真第一次看到肖亚雯的眼圈红了起来。

“是啊……他们都不值得一嫁。只有一个男人，我真的……真的很想嫁给他。”

“那你犹豫什么？”

“被抢走了！”

“哈哈，姐姐那么出色，谁能抢你的男人？”

“死神！”

◆ ◆ ◆

特里凡得琅市精神病院住着几个特殊病人，都是中老年男子。按照精神病学的症状分类，有人被诊断为躁狂症，有人被诊断为精神分裂。发病原因却都一样，他们买过夏尔马的画，挂在家里如神像般供起来，长时间盯着它沉思默想，最终精神错乱。

自从被奉为与神沟通的画家，夏尔马的画作早被拍成照片，或者印在画册上到处发售。不乏有人没钱购买真迹，拿这些印刷品去修炼。可到现在为止，只有目睹原画的人才会陷入疯狂。当然，“疯狂”只是精神病医生的说法，在夏马尔的拥趸看来，那些人是得到了神谕。

印度教信仰三大主神，梵天创造世界，毗湿奴护持世界，湿婆毁灭世界。三大主神又化身各种形象教导众生，于是演化出形形色色的教派。夏尔马祖上信奉毗湿奴教的一个支派，名叫札格纳特派。该派信奉的主神札格纳特，是毗湿奴千百化身中的一个。夏尔马幼年时，摄影技术刚进入印度。在他家里，各式札格纳特画像比所有亲人的照片加起来都多。

生活在这样的环境中，夏尔马从小就迷醉于转世、通神之类的异象。14岁那年，札格纳特派举行大祭，用15匹马拉着一辆大如房舍的木车，上面端坐着几米高的札格纳特鎏金雕像，拉到集市上接受信徒集体膜拜。夏尔马在人群里长吟短诵，手舞足蹈，迷狂间突然拨开众人，纵身钻入车轮之下！

那辆十轮大木车加上雕像，足有两层楼高。车上除了神像，还有好几个护持的婆罗门，总重量不知有多少吨。夏尔马抱定必死的念头，认为让神像轧死便能摆脱轮回之苦。这本是当地风俗，英国人殖民后当成陋习予以废除。在夏尔马之前，已经有十年没发生信徒投车献身之事。

大车立刻停下，人们将夏尔马从车轮下拖出来送到医院。结果除了擦伤和瘀血，夏尔马居然没有大碍。此事立刻被传为神迹。当地英国医生从科学角度解释此事，认为出事地点路面松软，分散了压力。车上负载虽重，但是不平衡，辗过夏尔马的那侧车轮负重不多。

结果，这些科学解释被札格纳特信徒好一顿嘲笑。夏尔马为什么能死里逃生？那还用问？大神有使命交给他！很快，夏尔马就成为当地半仙，不时有人问卜求医。不过，对他信仰最强烈的就是他自己，夏尔马深信神要留着他的性命向世人传递信息。从那以后，夏尔马继承父业，开始绘制宗教画。

最初，他画的也是札格纳特之类诸天神，或者为吠陀经画插图。中年以后，神和人都从夏尔马的画里消失，他只画各种古怪图案。花纹越来越精细，色彩越来越绚丽，图案却越发不可理喻。这些画大部分没有名字，即使有名字，也没有任何解释。夏尔马每次作画前都要斋戒更衣，打坐一天半日，等着脑子里出现幻象，并且足够鲜明，才抓住其中一个，迅速将其付诸纸面。

所以在信徒眼里，他的画不是艺术品，而是神启。大富巨贵更是用夏尔马的画代替传统神像，每天瞻仰，以求让神明充满内心。精神病院里这几个人，既有曾经很成功的商人，也有受过现代教育的工程师，还有某教派的神职人员。夏尔马的画就像一扇门，他们一旦钻进去，从此告别正常世界。

伯尔帕德带着古布塔来到精神病院，先查看病历，上面记载着他们发病后种种惊人的疯癫表现。

其中有个病人虽然不像夏尔马那样受过专业训练，画起画来也有两把刷子。他在精神病院里就靠绘画打发时间，院方收集他的画作放在病案中。古布塔看了其中几幅。有的画着一个人掏出自己的心，捧着它跳舞。有的画着一个人胸口破开大洞，神光从洞口发射出来。画中人却面色如常，十分平静。

“他们没练过任何武术，只是在幻觉中认为自己无所不能。”医生说道，“事实上，一旦发起疯来，他们的体能不光远远超过普通人，也超过他们平时的状态。”

这个国度里面许多人都没受过现代教育，别说专心绘制的宗教画，就是一块山石，一截木头，如果有人添油加醋，穿凿附会，也能吸引很多人去朝拜。“这么来说，夏尔马的画是危险品，我这就申请查封他所有画作。”古布塔以为这就是案件的结论。

“不，警官，问题不在于这些画，而是一本书。”伯尔帕德将问题引到了深处，“夏尔马直到中年才开始绘制这些奇画，就是受了那本书的指引！”

是不是叫“红书”？在海岸区警察局里，古布塔听伯尔帕德说过这个词。他正想打听“红书”的奥秘，一个电话拨打过来，请他马上回警局。

两人离开精神病院，古布塔去办事，伯尔帕德准备返回当地学院。刚走出几十米，两辆印度特产“大使牌”轿车就驶过来，一前一后将他截在路边。一个30多岁的男人从前面那辆车上钻出来，走到伯尔帕德车窗前。此人上身穿着印度男人的传统服装古尔达，下套印度男人常穿的围裤。但是从面孔上看，却是个典型的欧洲白人。

“伯尔帕德教授，马立克先生请您去一趟，他要请教一些问题。”来人用不熟练的印地语对他说道。

伯尔帕德知道马立克这个人，他皱皱眉头：“马立克？找我？”

“是的，警察可以向你咨询，马立克先生当然也可以。”这个穿印度服装的欧洲男子摆出一个生硬的邀请动作，铁塔般堵在伯尔帕德面前。

◆ ◆ ◆

倚着酒店的床沿，随意地坐在地毯上，杨真听肖亚雯讲了一个漫长的传奇。

与哥哥不同，肖亚雯不喜欢管人，更愿意发挥专业技术专长，父亲也给了她充分的自由。几年前，肖亚雯应邀来到网讯公司，参加他们的VR游戏项目组。网讯在美国上市，资金实力能排到全国网络公司前五名。老板丁伟立志搞出传导触觉的外设。这种技术也能填补行为研究的空白，肖毅没那么多钱去搞，便让女儿去借鸡孵蛋。

以现在的虚拟现实技术，骗骗眼睛和耳朵并不算难，但要骗过全身皮肤，却还八字都没半撇。虚拟现实迟迟不能形成完整的沉浸感，这是个主要原因。纵览全球，只有触觉手套完全靠电子信号传递触觉，但也只能作用于手部。

肖亚雯进入网讯，立刻提交设计方案，要搞一款金属套装，可以覆盖全身皮肤。套装由几十万个微型金属环组成，很像锁子甲。每隔几十个环就埋设一台微型电机，个头只有甲虫大小，会根据信号朝不同方向拉拽附近的金属环，放松或者收缩，以此来形成各种触觉。

人体皮肤上的触觉感受器密度不同，指尖这类部位很敏感，电机埋设密度就高。后背的触觉感受器少，电机密度就低。即使这样，造一套压力传感服也需要一万台微型电机。如此高大上的设备，是肖亚雯在家庭沙龙里听一位纳米专家聊出的创意。有了经费，她就请专家把想法变成设计。前后花掉几千万，肖亚雯搞出几套压力传感服，可以传递诸如握手、击打、按压、扭转之类的触觉效果。

网讯并非科研单位，花钱要听到响动。丁伟是个“70后”，从小看《少林寺》《霍元甲》长大，很想搞一套虚拟格斗游戏，把传统武术变成可视可感的信号。要实现这个目标，光有技术专家不行，他又从中华武术协会请来了武术专家，名叫王轩。20年前，王轩还是专业武术运动员，得过全国比赛冠军，因伤退役后，便留在武术协会。平时主要工作就是采访民间武术家，趁他们尚在人世，留下文字和影像资料。

对这个差事，同事们多是应付，王轩却十分投入，20年踏遍大江南北，从胶片到数码，从照片到录像，记录过几百位传统武师的影像资料。知道网讯这个项目能让这些快要失传的武术动作保留下来，王轩就带着这些财产进入项目组，也在那里遇上了肖亚雯。

一开始，肖亚雯对此不以为然，不就是做个游戏吗？从武校找几个学生比画几下，用压力传感服转换成数字信息，再输入计算机不就行了？无奈丁伟是个武术迷，非常较真，一定要保留原汁原味的传统武术，在这个目标上，他与王轩一拍即合。

好吧，从此肖亚雯就得把什么“白鹤亮翅”“海底捞月”“金鸡独立”输入计算机，转换为动作程序。这活她倒是愿意干，自己的专业就是研究人类动作。武术再怎么复杂，无非是一套套定型动作。

这样，肖亚雯就要和王轩在一起工作，经常一忙就到半夜。武术界人士文化偏低，王轩也是从小练功，没上几年学。但是多年来为了研究武术，努力自学，什么生理学、心理学、物理学、历史文化，多少都懂一些。虽然一遇到专业知识就说不清，但是王轩很虚心，不懂就学。他比肖亚雯大十岁，却总像个学生一样耐心求教。

慢慢地，两人混熟了，王轩给肖亚雯讲出了自己的真正理想。他这么努力地为传统武术保留影像资料，就是想打破门派限制，去粗取精，设计出一套最厉害的武术！

开始，肖亚雯颇不以为然。什么时代了，就是搞出超级武术，能对付子弹吗？但是听着听着，肖亚雯慢慢有了兴趣。这可不仅仅是格斗那么简单。古人靠身体战天斗地，拥有很多神奇的身体技能，但是都失传于近现代。格斗技能从复杂性来说，比肖亚雯以前研究的工业生产动作高一个层级。能设计出终极武术，便是动作研究的飞跃。

于是她告诉这位大哥，既然他们已经把武术动作分解、归类、录入，只要游戏上线，不同玩家进行角色扮演，做虚拟格斗，再用大数据分析处理，那不就可以提炼出最厉害的招式？

就这样，两人带着研发小组花了半年时间做这件事情。肖家世代勤奋用功，也都欣赏有追求的人。长期相处下来，肖亚雯对王轩产生了好感。知道他以前因为着迷事业，顾不上家庭，很早就离了婚。肖亚雯立刻打开感情的闸门，而且开始认真考虑结婚的事情。

在他们俩主持下，网讯推出大型武术虚拟现实游戏，名叫“论剑”。玩家穿上简易装备后，可以任选一个门派进行角色扮演，或者对打，或与虚拟武师格斗。这些武师用了王轩等人的形象，在里面陪着玩家练级。低级玩家只能享受视听体验，高级玩家才能穿上压力传感服，获得触觉感受。作为项目主管，肖亚雯和王轩近水楼台，用大数据技术分析无数次虚拟格斗，从中统计最有效的克敌之道。

正在终极武术逼近诞生时，王轩外出时因车祸坠崖，人就这么没了。没多久，王轩的亲生儿子王鹏翔找上门来。这孩子当年18岁，刚参加完高考。小时候父母离婚，他由母亲抚养。王鹏翔告诉她，有个律师说父亲不久前留下遗嘱，说如果自己出事了，就让儿子来这里讨一笔遗产。其中除了钱，还有几个笔记本，记录着父亲这些年考察民间武术的过程与感想，包括设计终极武术的计划。

王鹏翔继承了父亲的身体，擅长街舞和跑酷，脑子又聪明，高考时成为全省理科状元。父亲的笔记让他对武术产生了浓厚的兴趣，他陆续拜访了笔记本上记载的不少武师，可是他们都不知道什么叫终极武术。

王鹏翔找到肖亚雯。肖亚雯告诉他，王轩遇难后，她因害怕睹物思人，早把“论剑”扔到一边，并不知道系统里生成了什么。

然而，不久后一伙歹徒却闯入网讯，盗取了肖亚雯的计算机。电脑中正在运行的终极武术程序要使用动作密码，只有记录到王轩的动作才能打开。王轩去世后，世界上便只有王鹏翔的动作可以将它开启。肖亚雯意识到危险，却无法向警方讲清歹徒的目标，于是事发后便去通知王鹏翔，想提醒他注意安全。

不想两人再次见面时，却被一群歹徒绑架到郊外某处。这个小集团的主犯任海涛曾经是王轩的粉丝，深信他能搞出终极武术，跟踪了十几年。他深信一旦学到这种本领，他们就可以突破各种安保措施进行犯罪。现在得到硬件，却只有王鹏翔能打开那个程序。其他人强行登录，都会导致程序被锁死。

没办法，歹徒只好将二人囚禁，命令王鹏翔进入虚拟现实，学习终极武术，再教给他们。在死亡威胁下，这个从未学过武术的孩子只练习了三天，就制服了所有歹徒！

“天啊，难道终极武术是真的？”杨真睁大了眼睛。

“从某方面看可以说是真的，原理太简单了，就是海量的动作统计。不过，你要是看到这起案件的资料，里面肯定没这个词。”那场惊天格斗时，肖亚雯目击了一切，“如果不是就在现场，我也不相信一个人只练习三天，就能打倒那些歹徒。要不是我最后拦着，那孩子能掐死杀父仇人。”

“杀父仇人？”

“是啊，王轩并不是死于车祸。任海涛绑架了他，想学到终极武术。王轩抢夺一辆车逃出来，结果坠崖。那次我们被绑架后，任海涛把作案经过都说了。杀父之仇，不共戴天！当时我们又处于生死危机中，巨大的心理压力和仇恨促成了王鹏翔的爆发。”

“他不是武术冠军吗？又研究终极武术，怎么打不过几个歹徒？”

肖亚雯摇了摇头：“研究归研究，他可没来得及去练。程序自动计算出来后，世上只有那孩子练过！”

第四章　灵界之门

就像中国的少林寺，喀拉拉邦是印度的武术之乡，流行着印度最著名的武术门派——卡拉里帕亚特。据说郑和下西洋时路过喀拉拉邦，就记载过这种武术。当时此地分裂成多个小国，互相争战。为赢得战场上的胜利，男子都必须练武。

如今，卡拉里帕亚特重新流行，吸引全印各地爱好者前来训练。也和少林寺一样，商业热潮深入其中。在当地，这种武术的训练场叫作卡拉里，类似中国的武馆。全邦最著名的连锁卡拉里老板名叫马立克，他围绕着特里凡得琅城区建有多处产业，学员上千人。按照该派称呼，马立克号称“古鲁卡尔”，意思是武术导师。

但是，马立克能够派人强请伯尔帕德，并非因为他会多少传统武术，而是因为他还是当地最大团伙的头领，不少学员也属于这个团伙。

大使牌汽车驶出市区，开向附近山岭。伯尔帕德很好奇这个欧洲男子的身份，试探着问了几句。后者坦陈自己是德国人，原名马库斯，现在取了个印度名字叫拉吉亚。因为喜欢印度文化，追求解脱之道，他在印度已经生活多年。

不少欧美国家的人喜欢中、日、印这些东方国家的古代文明，不仅穿着打扮上刻意模仿，本人跑到这些国家住上一年半载也很常见。不过要说追求解脱之道，拜在马立克门下却是南辕北辙。

“他只是个武士，您如果追求解脱，为什么不拜一位僧侣为师？”

拉吉亚高深莫测地一笑，不再说话。车子驶进一座刚刚完工的卡拉里。此处院落面积上万平方米，为搞到这么大一片土地，马立克带着那群徒弟兼打手，使用威胁恫吓、绑架殴打等诸多手段，最终赶走了原来的几户主人。

走进庭院，面前是层层叠叠的训练场馆。如果从空中俯瞰，会发现整个场馆是按照曼荼罗形状修建的，以取吉祥之意。拉吉亚带着伯尔帕德下了车，朝着场馆中央区域走去。此地终年气温偏高，场馆都建成顶篷式结构。一路上可以看到上百个学徒分别从事各种训练活动。有的双双持刀对练，蹿蹦跳跃灵活异常；有的把椰子摆在头顶，让同伴用铁锤砸碎；有的正进行瑜伽修炼，摆出各种高难体位。

大学教授从这群舞枪弄棍、哼哈作声的汉子中间穿过，来到卡拉里核心处，那里有座开敞的天井，四外或挂起持斧罗摩大神的画像，或摆着此神的雕塑。印度武术界认为持斧罗摩是这个行当的开山祖师。

马立克五十多岁，胖大魁梧，留着向上翘起的传统胡须。他摆出骑马蹲裆姿势，面前水泥台上早有人放好一排椰子。马立克大吼一声，双掌连劈，椰子壳一个个被劈开，汁水飞溅，气势唬人。在世界其他地方，表演这种功夫会使用砖块、木板。殊不知，坚韧的椰子壳比那些东西更不好对付。

劈开最后一个椰子，马立克调整呼吸，挥手让伯尔帕德坐下。“听说你一直在研究夏尔马的画？”

正因为长期研究夏尔马，伯尔帕德早就知道眼前这人是谁，他就是夏尔马的亲生儿子！

按照印度教规定，一个虔诚信徒终生要度过四个阶段，统称四行期。童年叫“梵行期”，此时要追随导师阅读《吠陀》经，学习人生哲理；成年后开始“家住期”，此时要追求功名，成家立业，履行世俗责任；中老年要放下一切，进入密林中修行，称为“林栖期”；最后舍弃一切财富，以乞讨为生，称为“遁世期”。

要放下到手的功名利禄去修行，此事说来容易，做起来极难。就是在宗教气氛深厚的中世纪，也很少有普通印度男人愿意“林栖”，更不用说已经进入现代社会的今天。然而，夏尔马40多岁时突然宣布“林栖”，抛弃妻儿去侍奉神。那时候马立克还不到10岁，此后父亲就成了一个路人。长大以后，马立克从不敬重此人，也不和画家来往。

听到马立克的问题，伯尔帕德谨慎地点点头，声明自己只研究夏尔马的绘画，以及围绕着这些绘画产生的宗教现象。马立克听完，突然把一叠卢比放到桌面上：“好好好，那就请你把他最近20年，不，最近30年卖出的画编个名录给我。都卖给了谁，多少钱成交，你都写出来。”

马立克说起话来，就像从小贩那里点一道菜。伯尔帕德心中不满：“你为什么需要这个资料？”

“老家伙的画值很多钱，有人说总共值100亿卢比，有人说超过200亿卢比，但是他一卢比也没给我！你肯定知道我是谁，他就我这么一个儿子，我要他的遗产，就这么简单！”

伯尔帕德面露难色：“我是把他的画当成文化现象去研究的，编名录没问题，却查不出它们当初卖了多少钱。”

“好好好。”马立克轻蔑地望着这个毕业于英国牛津宗教学专业的教授，“你就只管编名录，成交价格我另外找人打听。你享受它们的精神价值，我要它们的物质价值！”

◆ ◆ ◆

聊了一夜，姐妹二人肚子都开始叫了。早餐时间一到，她们就来到西餐厅，边吃边聊。话题从肖亚雯的爱情出发，现在转到了情人的儿子。一个能够徒手伤人的活武器？如果是恐怖分子，岂非重大安全隐患？出于职业敏感，杨真也听出了兴趣。

王鹏翔继续在香港读书。一次，他在海洋公园观看俄罗斯水上芭蕾表演，认识了其中一个叫阿婕莉娜的演员。苏联解体前，阿婕莉娜的父亲谢尔盖曾在内务部工作。然而，谢尔盖的生活类似苦行僧，让妻子难以忍受，后来更是突然失踪。妻子经过多方追寻，才得知谢尔盖属于代号

“白狐”的内务部秘密部队。该组织于苏联解体后解散，没人知道他的下落。

女儿长大后，异常向往没见过面的父亲，终于发现他的战友佩舍夫隐居在香港。利用私人时间，阿婕莉娜找到佩舍夫，后者告诉她，谢尔盖隐居在绰号“西伯利亚修道院”的地方，正在完成代号“白狐”的超人训练计划。

就在两人交谈时，一个名叫古拉耶夫的俄国人闯进来，强行索要谢尔盖的地址。格斗中，古拉耶夫杀死了佩舍夫，阿婕莉娜趁乱逃走，被路过的王鹏翔搭救。发现他居然能打败受过超级训练的古拉耶夫，阿婕莉娜对其产生了信任感，便将自己的身世告诉了王鹏翔。

听完她的描述，王鹏翔认为这个超人训练方案会培养出神奇的感知能力，大生兴趣，女孩的身世和他也非常类似。于是王鹏翔自告奋勇，与阿捷丽娜闯入西伯利亚腹地。几经周折，终于在废弃的地效飞行器里面找到秘密训练基地，还有谢尔盖的父亲留下的资料。

原来，前莫斯科大学心理学教授斯皮尔京曾收集各国民间有关神功的传闻，认为人类很多潜力在科技时代之后已经被埋没，他要把它们释放出来，训练一批超人执行特别任务。这套训练方法就用西伯利亚的“白狐”来命名。

然而，斯皮尔京深入研究发现，正是语言能力限制了人类的感知能力。所以，要完成“白狐”训练，关键是放弃语言。这个过程过于残忍，斯皮尔京挑选的人都没有完成训练。只有他的儿子谢尔盖，冷战后失去人生理想，一门心思要完成这套训练计划。于是谢尔盖躲入泰加林，放弃一切现代化物品，过起与世隔绝的修炼生活。终于，谢尔盖恢复了语言出现前原始人才有的超级感知能力。

一番周折后，两个年轻人找到谢尔盖。后者平静地接受了女儿，却不和他们交谈。王鹏翔以身试招，确认谢尔盖具有超强的格斗能力。他回到国内，通过另外的途径也掌握了这种能力。于是王鹏翔再次寻找谢尔盖，想告诉他不用为了超级能力而放弃人间感情。

然而，一个名叫科查夫的阴谋家也知道“白狐”训练术的存在。此人号称现代巫师，吸引了不少俄国精英后代充作信徒，诱使他们继承财富和权力后归顺自己，成为左右政局的强大力量。科查夫招募了包括古拉耶夫在内的“白狐”突击队员为自己服务。不仅派他们寻找谢尔盖，求取训练方法，还杀死了俄国内卫部队的人员，嫁祸谢尔盖……

“这个……姐姐，你不是在编故事吧？”

“我说这些，就是想让你对王鹏翔先有个了解。我想跟你讲讲他的现在，咱们先回房间吧！”

◆ ◆ ◆

很快，古布塔来到伯尔帕德的书斋，发现屋里摆满了夏尔马的画。它们当然不是原件，这位大学教授的全部积蓄也买不起夏尔马的一幅画。墙上都是放大的印刷品，此外，还有一些精神病人的画作。

阵阵邪气从这些画里透出来，散发到整间房子里。天天盯着这些东西，既不美，又不可理解，或许真会得精神病吧？古布塔心里盘算着。这次登门拜访，他要详细了解什么是“红书”，以及它有怎样的魔力。

听到这个问题，伯尔帕德娓娓道来，却只字不提刚刚遭受马立克威胁一事。印度很多地方都有法无制，马立克就不是寻常警察管得了的人，他不想给自己惹麻烦。

“光印度就有几千种教派，所有传统国家都有数不清的宗教门派。他们各拜各的神，各读各的经典，互相之间谁也瞧不上谁。80年前，一个欧洲人打破了这种壁垒。他是个瑞士人，名叫卡尔·古斯塔夫·荣格。”

“哦，他是什么教派的？”古布塔随口问道。

伯尔帕德暗笑，警官果然都没文化，居然不知道“荣格”之大名。也罢，就算知识分子阶层里，也不是人人都知道荣格的大名。伯尔帕德告诉警官，此人并非神职人员，而是精神病医生，世界著名心理学家。

出于职业需要，荣格经常观察精神病人，他并没有简单地把精神病症当成怪诞、错乱的心理现象，而是认为它是人类深层精神力量的某种体现。他把这种力量叫作原型。和几十万年人类进化史相比，几千年的文明史就像地壳之于岩浆一样薄。在这层文明表壳下面，包裹着汹涌炽热的“原型”。它们会从个人的心灵缝隙中涌出来，演化成光怪陆离的精神现象。

荣格进而认为，不必害怕原型的蛮力。虽然控制不好会诱发心理疾病，但如果控制得好，原型会大大提升人的身心。然而荣格生活的西方世界，正是这层文明地壳上最厚的地方。那里流行现代科学，崇拜理性，追求客观冷静，已经很难观察到原型生动的表象。

于是荣格周游世界，专门拜访那些不开化的地方，观察当地巫师、教士、道人、僧人的宗教活动，从中寻找原型的表现。越是离奇、怪异的精神现象，越能吸引荣格的注意。

久而久之，荣格发现各地宗教人士都使用特定形象、声音等来诱导异常精神活动，他们将此称为与神沟通。如果将这些形象去掉地方色彩，剩下的花纹、图案、结构、色彩都有相近之处。这说明，确定有某些最原始的图像元素可以唤起沉睡的原型。

荣格本人精通绘画，他在采访各国巫师时，一边听他们讲述自己见到的幻象，一边把它们画下来，还用文字记录下这些幻象所伴随的身心奇迹。比如有人看到自己的"前世"，有人突然说出从未学过的语言，有人水米不进，却可以生存多日。

就这样，荣格周游各国，将这些素材整理在一些笔记本中，它们都有红色封面，便被后世研究荣格的学者称为"红书"。历经20年，荣格初步完成了这项宏伟而又难以理解的工程。同时，他又觉得笔记中有些图形过于邪恶，精神薄弱的人会被它们迷惑，进而走向疯狂。所以荣格不仅拒绝公开“红书”，更是把其中部分危险内容单独摘列出来，编成一本“隐秘红书”，去世前把它留给家人保存。

半个多世纪以来，据说全世界只有不到20个人看过红书，更不要说那个隐秘的部分。直到2009年，《红书》才得以出版，但那个隐秘部分却消失不见了。“这算什么？某种新兴宗教的经典？”身为警察，古布塔只会延着自己的思路走下去，“你认为夏尔马看过它，被诱导成精神病人？”

“据我对他生平的研究，夏尔马没看到全本‘红书’，但是看过它的原始素材。荣格当年周游各国，也到过印度，重点走访过咱们喀拉拉邦。那时候，荣格从某些神职人员手里收集到原型象征，就把从别处找到的原型象征送给他们作礼物。夏尔马早年也只画普通宗教画，中年以后画风突变，从此作品才开始具有迷惑力。我认为，那正是他看到这些素材后产生的变化。”

就在这时，古布塔的手机响了。他走到外面，接了一通电话，然后惊喜地走进来。“你说中了，警方刚发现一个重要线索，有个中国人发来电子邮件，找夏尔马的经纪人索要‘红书’素材扫描件，尤其是‘隐秘红书’那部分！是的，‘the red book’，邮件里就是这么写的。”

夏尔马的经纪人阿布舍克·巴强，就是那个被夏尔马杀害，并取血作画的倒霉蛋。出事后，死者的电子通信方式立刻被警方监控，所以才截获了这份邮件。

“怎么，是一个中国人？没搞错吗？”伯尔帕德已经对这个案件有所推测，但从未想到会与中国人有关。

“是的，警方分析落款的署名，应该是一名中国男性，IP地址显示他来自中国。”

◆ ◆ ◆

肖亚雯讲的这些往事，发生在从三年前到去年之间。香港高校学制宽松，学生们完成课业后，校方鼓励他们主动研修，接触社会。王鹏翔学术功底扎实，智商奇高，总是早早就完成规定课程。大量时间不是为学院实验室打工，就是外出实习。依靠在“论剑”项目中的收入，王轩给儿子留下不少遗产，更有后来得到的各种奖金，这孩子付得起云游天下的钱。

多年实地调研中，王轩记录下大量有关内功的传说。这些彻底的精神训练，无法按照现代生理学进行解读。20世纪80年代国内流行气功热，王轩曾经对此深信不疑。后来神话一一被揭穿，然而王轩仍然相信民间存在着某些真正的内功，可以纯粹靠心理诱导制造生理效果。它们不只能养生保健，更能提高格斗技能。好在王轩还有些科学头脑，知道要寻找证据，而非直接采信。

“你知道念动吗？我和王轩说过，他所谓的气功就是念动现象。”

所谓念动，就是某些人在修炼内功时，身体会不自觉动起来。“这个我知道，气功界把它叫作‘出偏’？”当年读心理学专业时，杨真也曾经关注过气功现象。

“是的，心理学界把它当成奇谈怪论，没人系统研究过。”肖亚雯遗憾道，“想想还是王轩那些记录最客观。”

王轩记录过很多念动现象。有人满地打滚，有人爬树上房，还有人不停地倒退走路。反正都是各种难以理喻的动作，一时间人人以为神奇。他还拍摄过不少“出偏”的照片，后来更录下视频，很难把它们解释成纯粹的表演和欺骗。

在运动生理学院，王鹏翔与年轻教师何志浩很要好，后者的课题就是动作表象在体育中的训练价值。闭上眼睛，在脑子里想象一个动作的过程，这就叫动作表象。在体育心理训练中，让运动员反复对技术动作进行表象，当他真正练习这个动作时，便会缩短掌握时间，提高熟练程度。

几十年来，包括肖毅在内，各国体育心理学家都研究过动作表象，也知道它能提高运动成绩。不过，教练员都觉得这是在装神弄鬼，体育心理学家也拿不出过硬证据说明其效果。何志浩要用核磁共振技术解决这个难题，王鹏翔便和十几个同学一起去做被试。

因为根基深厚，从他身上取得的表象效果最好。可是从接受测试开始，王鹏翔就经常梦到与人格斗，同学在夜里也会听到打斗声。王鹏翔大骇，在屋里设置了录像监测，果然，半夜时分自己会跳起来拳打脚踢。

再后来，王鹏翔坐在仪器监测区里也会自发地胡乱动作。何志浩把这种现象当成实验误差，王鹏翔却认为，这很有可能证明古代内功是存在的。

“我听他这么执着，就把范东风介绍给他，那个人就因为追求神功，把自己毁了。”肖亚雯提到此事，仍然十分后悔。

范东风曾经是肖毅的研究生。肖亚雯和他恋爱时，父母还算看好他们的关系。没想到范东风执着于练功，什么内丹术、大小周天、自然功，无所不试。经常在半夜爬到楼顶平台上练功，或者参加气功培训班。最后把自己练进了精神病院。不久前范东风才被批准出院回家休养。

没想到，王鹏翔和范东风接触后，却觉得他是世外高人，大为欣赏他的理论。范东风告诉王鹏翔，他参加了几十个气功班，认为中国现在的气功界都被金钱污染，要寻找正统的精神训练术，只有去印度。

“莫非他们真去了印度？”杨真大奇。

“去了，而且已经失踪了！”

第五章 『隐秘红书』

别墅优越的位置，深阔的面积，多少能反映夏尔马的财富。别墅外墙被漆成深蓝色，也能体现夏尔马的身份——这是婆罗门种姓专用色。然而在古布塔眼里，别墅内部的陈设却根本不配主人的亿万身价。

这不是古布塔第一次搜查夏尔马的别墅，案子刚发生时，这里作为犯罪现场就被封锁。后来，夏尔马在海岸分局大发神威，干掉一批警员，古布塔呼叫印度工业特种保安部队支援。等他们赶到现场后，夏尔马很快死去。赶到现场的保安部队队长萨拉什卡被惨烈的场面震撼了——作案的简直不是一个人，而是一台杀人机器。

萨拉什卡不相信地方警察的刑侦能力，又派自己的手下勘查一遍现场。结论仍然不变，确实是夏尔马袭击了所有警察！见此情形，萨拉什卡突然脑洞大开，如果有某种方法能让夏尔马这支残烛像汽油弹那样燃烧，把它挖出来训练特种部队，岂不大有用途？

无奈保安部队不能介入地方案件，于是萨拉什卡提醒古布塔，咱们印度被恐怖势力威胁，不少情报人员投身秘密工作，如果他们掌握这门异能，岂不有助于国家利益？“把情报员变成人形武器，他们才能更好地执行任务！你得帮我们找到这东西。”

身为刑事警察，古布塔倒没有这么长远的考虑，他更想搞清那部分隐藏未出版的“红书”是什么。如果此书内容确有危险，决不能让它流散于民间。于是，古布塔再次带领警察搜查夏尔马的别墅。

说来有趣，夏尔马四十多岁宣布“林栖”，放弃红尘中的一切。然而在那以前，他只比普通印度人稍微富裕，隐居后却靠卖画成为巨富。但他的住处简陋至极，屋子里布置得像个苦行僧的居所。除了从世界各地收集的宗教画、宗教雕像，连普通装修都谈不上。老画家收集这些东西，据说是为了培养宗教灵感。结果许多房间被搞得杂乱无章，像是一间间储物室。

这么大一幢别墅，只有夏尔马和经纪人巴强居住。此外就是城里的钟点工，不时被找来清洁那些藏品。死者巴强也非外人，而是夏尔马的远房亲戚，帮助老宅男处理与现实世界沟通的各种事宜——收发电子邮件、收取快递、使用银行卡、办理电汇等。离开这个亲戚，夏尔马寸步难行。

重新搜查时，警察从别墅里找到鸦片烟枪。检查上面的DNA，证明这东西只有夏尔马自己在使用。在印度一些邦里，吸食鸦片和大麻都不违法。但吸食者必须使用烟枪，中间经过几道过滤，减少危害，不允许直接吸食海洛因。

再仔细搜查，别墅里不光有鸦片，还有一些不知名的麻醉品，包括草药、动物毒素、矿石粉末等。古布塔看过记者采访夏尔马的录像，老头走遍印度各地寻找民间土方致幻剂，据说是为了帮助自己生成神圣的幻象。

那间杀人取血的画室位于别墅底层。作为犯罪现场，这里已经被警察反复搜过几遍，现在他们把搜索范围扩大到整个别墅。望着这些离奇的物品，古布塔万分相信“隐秘红书”能让人中邪。他不知道科学家怎么解释“中邪”这类事，但在警察生涯中，古布塔经历了太多与宗教有关的古怪案件。如何解释不重要，重要的是它们存在。

有位女生被活活勒死，原因是她在10岁时被某教派选为圣女。如果破掉处女之身，就要毁掉本派与神明达成的协议。这位女生成年后与男同学谈恋爱，威胁到这个神圣契约，惹来杀身之祸。

有位贫困老人跑到警察局求救，说外面有一帮人追杀他。古布塔把这话当成疯言疯语，将其拒之门外，结果老人真被一群人棒杀在街头。原来，有人怀疑他在家乡使用巫术，导致多位邻居身患癌症，全村人投票判处他死刑！

有个小贩买彩票，获得一亿卢比大奖，次日即自杀身亡。警方开始不相信这是自杀，调查很久也找不到凶手。看了死者遗言才发现，此人信奉业报轮回之理，认为这次中奖的福报过大，已经折损掉他过去百世积累的善因。为了以后一百世能够平安，还是不领奖金，一死了之。

还有一次，几个虔诚信徒绑架当地著名诗人，把他扔到河里淹死。动机只有一个，就是活祭“雪山舞王”。这是湿婆大神众多化身之一，某些教派认为，只有用诗人来祭祀这个神才最为灵验。

这都是古布塔处理过的案件。神奇世界自有神奇事情，它们从文明社会的角度来看毫无逻辑可言，可当事人遵循的是另外一些逻辑。所以，“隐秘红书”未必不是这样的祸根。

搜查之前，古布塔向伯尔帕德请教，那些“隐秘红书”会是什么样子。伯尔帕德研究荣格多年，却未曾一觑“隐秘红书”真貌，只推测说开本也许很大。荣格爱在笔记里面画示意图，选了最大开本的笔记本。而且荣格周游世界，边走边记，有时还要抄写副本，以防丢失破损，估计夏尔马手里不只有一个笔记本。

密室、保险柜都被翻过，警察甚至用红外设备在墙壁上寻找是否会有夹层。按照正常想法，如此珍贵的东西，夏尔马应该把它收藏在最秘密的地方。结果他们只找到夏尔马画过的一些半成品。它们被堆在大厅的地上。警察将它们一一拍照，记录在案，却找不到什么重要线索。

最后，警察没找到什么笔记本，甚至没发现类似物件。他们检查过经纪人的电脑。夏尔马完全不会用电子设备，巴强用自己的电脑替他存贮了不少资料。警察发现了一些古怪的宗教图案，却没有哪个文件夹标注着“红书”字样。

至于那份从中国传来的电子邮件，警方已经将它全文译出。“FAN”姓中国男人先向夏尔马问候，然后请老人把“红书”的所有资料的扫描件发给他，并解释说他自己保存的原件因故损毁，所以想参考一下。邮件说明这个中国人还不知道夏尔马的死讯，也证明他们先前曾就“红书”资料多次交流。

经过技术人员检查，经纪人使用的电脑是半年前才买的新品。在这半年里，那个中国人并没有发来任何消息。所以，他什么时候与夏尔马相识，又对如此隐秘的东西进行过什么交流？都成为一个谜。警察搜遍了巴强的电脑，里面存贮着许多稀奇古怪的宗教图案，有很多都像是精神病院里病人的画作。单从文件名上，也看不出哪些与“红书”有关。

就在古布塔带着警察埋头寻找之际，外面传来了喧闹声。一个彪形大汉带着一群人闯到别墅门口，口口声声要警察都离开。古布塔出来一看，原来又是马立克——夏尔马生前多年不来往的亲儿子。死讯传开后，有一大票亲戚冒了出来争夺他的财产，都被警察以各种理由挡了驾。眼前这人是其中最麻烦的一个。

马立克继承了父亲的白皮肤，但却没有继承夏尔马的神圣气质。他身穿范思哲衬衫，脚登爱马仕皮鞋，腕戴百达翡丽手表，极尽可能地把财富穿戴在身上。夏尔马与前妻生有一个儿子，离婚时他还没多少钱。等他成为印度神秘文化的活符号，已经年过七旬，和儿子早就没有来往。

马立克不仅是亡者货真价实的血亲，还掌控着当地的最大团伙。古布塔和同事们相信，马立克以开办“连锁卡拉里”为名训练职业杀手，周边多达十几个命案与他有关。印度可以公开持枪，是仅次于美国的私枪大国。但用枪杀人，警察侦破起来也便多了条线索。而赤手扼断某人的脖子，或者一脚踢破某人内脏，就没多少把柄留给警察。马立克训练的杀手就有这么强的专业性，警方虽然一直有怀疑，但苦于找不到证据。

古布塔挡在别墅门口，只允许马立克一个人进来，剩下一群打手横眉立目，站在院里和警察对峙着。马立克走进别墅，把几张打印纸摊在桌上。纸上印着最近二十几年夏尔马出售的所有绘画的总价格。数量多达上千张，一笔笔明细账在古布塔眼前跳跃着，他只看清最后的总价格——125亿6000万卢比！

天啊，这可是2亿美元！古布塔心里粗算了一遍，他知道死者很有钱，但也不敢想象是这么大一笔。真难为这个马立克，花费如此心血去研究父亲的财富。

马立克指着清单，要警察立刻把这笔财富查明，转交给他。古布塔摊摊手，如实奉告，警方在别墅里查获的财产连这个数字的零头都不到。现金账上还有100万卢比，也只够夏尔马平时开销的。

“警察就是无能，纳税人花钱养活你们，是让你们保护公民利益的。”马立克大声叫嚷着，“这么大一笔钱失踪了，你们怎么不查？”

古布塔请这位继承人冷静一下，帮他分析。夏尔马赚得很多，但他也要花销，更可能做了捐助之类的事情。马立克断然否定这些推测，他父亲既不爱财也不爱人，哪里会行善？夏尔马相信一个人此生受苦，不过是前世作恶的结果，业报轮回而已，为什么要可怜他们？

死者所有卖画的钱都由巴强管理。此人并非简单地管管账，他把几乎所有现金都用来投资股票和债券。今年印度股市创下历史新高，那2亿美元也随之暴涨，总值已经飞涨到3亿。而出事前几天，这些账户都被清空！

“所以，你眼前是起侵吞财产案！”马立克干脆替警察做着结论，“老头不懂银行业务，巴强把他的钱吞掉！那小子账户上要是没有这笔钱，你们就必须找出合谋人。”

古布塔心里一惊，如果真是如此，案件转了一圈又回到原点。夏尔马只是因为发现财产出了问题，才和巴强交恶，一怒杀人。“听说你父亲生性淡泊，对钱没有概念，他会为钱杀人？”

“什么生性淡泊，他就是吝啬鬼！活着的时候一分钱没给我们母子。钱，一切都是为了钱！”

也许事情本来就这么平常。在世人眼里，夏尔马是得道高人，大隐之士。眼前是他的亲生儿子，反而对死者的品性更有发言权。

“好吧，我们可以为此立案，但是请您耐心等待警方的调查结果。”

“耐心？3亿美元，我可没那么大耐心，你们无能，我可要亲自查……”说着，马立克就要去夏尔马的画室。

“不行！”古布塔坚决地挡在马立克面前，“你不能干扰警方办案！”

◆ ◆ ◆

“你跟在我后面，别让他们注意。”

站在别墅门口，肖亚雯小声提醒杨真。今天的聚会者非富即贵，肖亚雯特意借给杨真一套阿玛尼，还亲自给她化了妆。杨真觉得像包在一层壳子里，行走坐卧都不自在。妈妈也是高收入者，不过她没有养成富家女孩的消费习惯。

直到发现别墅门口竖起的展架，看清上面的人像，杨真才意识到自己没来错地方。那正是荣格，她在心理学史教材上见过这张托腮深思的黑白照片。

来到门口的签到桌前，杨真在签到簿上写下“李雯”的名字。“您的公司是？”礼仪小姐问道。

“哦……没有。”

礼仪小姐会心一笑，朝里面做了个邀请的动作。参加这个会的不是阔太太就是富家女，基本都没工作。有钱且有闲，两者缺一不可。肖亚雯带着杨真坐在角落里，方便观察整个大厅。

别墅主人名叫郭晋龙，靠有机食品起家的老板。今天召集这么多人，却不是要讲吃什么更健康。看到人来齐了，郭晋龙搓着双手，向大家打着招呼。座中大部分人不是第一次来，都向他挥手还礼。

“你是说，范东风带你来这里？”杨真小声问道。

“来过两次。”

大厅灯光暗下来，一盏聚光灯打在郭晋龙脸上，让他显得不像平时那么黑。身后天花板上降下一道幕布，是半透明的细纱，轻柔地在空中微微摇动，却能够清晰地投影在上面。

“各位嘉宾，新朋旧友，欢迎你们再次来到荣格灵修会。”

“深入原型，回归自我！”杨真身边的几个女人立刻用口号来回应，假装接受这种心理暗示。显然她们熟悉这里的游戏规则。杨真仔细一看，发现大厅里花团锦簇，浓妆艳抹，来宾有八成是女性。

郭晋龙背后的垂幕上出现几本书，都是《易经》。中文原著摆在核心，两边是各种外文译本。

“各位朋友，《易经》是我们的文化瑰宝。那些‘慕洋犬’把它说成是封建迷信，但是有一位西方的心灵导师却不这么看。他认为这是通向灵魂深处原型力量的门，它比时钟上的刻度更重要，它能让我们发现眼睛看不到的东西。这位导师就是……”

“荣格……”听众又爆发出一片喊声，尤其有几位女士尖着嗓子在喊，还伸出双手，掌心向上，像是在接受什么能量。

杨真看着来宾，想起了在公安部接受业务培训时，反邪教局的同志介绍过的情况。境内邪教组织者基本都是男性，普通成员中的女性却超过80%。难道这是一次邪教聚会？当然有嫌疑，组织者既非正规公司，也非合法公益团体。邀请函则通过微信群秘密散发。只是，这个组织还没在反邪教局挂号。

郭晋龙用激光笔翻着屏幕上的德译本，讲解着荣格写的序言。原文很学究气，没法直接读给这些听众，郭晋龙尽量用自己的语言去解释。

“《易经》有什么分量，请大家听听荣格的话就会明白。比如这段……个性浮躁、不够成熟的人不能使用《易经》，只有我们这些找到自我的人才能够用。还有这段……东方古人的思想比西方哲学的偏见更有意义。喏，这里还有……坎卦就是无意识的代表。”

郭晋龙还故作神秘，讲了个故事。荣格不仅阅读《易经》，分析理解文字内容，还亲自学习怎么用它占卜。有一天荣格拿出三个铜板——对，就是中国的古铜钱——把它们扔到桌上，卦象告诉他，《易经》的精神还没有被西方世界的人理解，所以要他写一篇序言，扩大影响!

“瞎扯。”杨真在心里骂了一句。她读过那篇序言，知道荣格根本不是那个意思。因为装了很多相关知识，杨真对这些说教感觉恶心，又不好当面反驳。她勉强听了一阵，实在撑不下去了，就跑到外面转转。看看各种展板，翻翻各种宣传单。

再次来到别墅门口，签到桌已经重新布置，变成了宣传台。上面摆着一摞图书和一摞会员卡。“这位女士，您是第一次来旁听吧？”一名中年女性凑了过来。

“哦……是的……”

“那就加入我们荣格灵修会吧！以前会员价是37500元，现在打折。可以参加50次分享会哦！”

这个价格立刻在杨真脸上引起了反应，并且被对方看在眼里。想当初，范东风也是在听了这个价格后，才溜之大吉，从此不再涉足。

“这位女士，如果现在有人给你办一张美国绿卡，你愿意出多少钱？恐怕得几十万吧？现在这就是通向潜意识的绿卡，走进去，让你的心灵有个巨大的提升。意义不亚于一张美国绿卡。尝试一下吧，支付宝和微信都可以付款，很方便的。”

无论是美国绿卡还是通向潜意识的绿卡，杨真都不想要，便拿起旁边的那本书，看了看封面。“红书？”

“是啊，这是荣格毕生的心血，中译本已经出版啦！”

杨真翻了翻版权页，59.80元，这还在她的消费能力之内。“那……我先买一本回去学习。”

对方很职业地笑了笑，后面是掩饰不住的轻蔑。

这和荣格的学说没关系，就是拿他的名头来赚钱。杨真觉得发现不了什么新东西了，就和肖亚雯提前退场。姐姐开着车，杨真坐在旁边翻着那本书。“你是说，他们去印度就是找这个？”

“是的。”

“不是已经出版了吗？”

“他们哪瞧得上这种公开出版物，非要找什么秘密原件。唉，这孩子太顺利，总是马到成功，他太膨胀了……他要出了事，我怎么对得起他爸爸……”

肖亚雯忍不住哭出声来。杨真马上和她换了位置，自己开车，让肖亚雯在旁边哭个够。杨真一边开，一边想着这个问题自己能不能介入。仅仅有两个中国公民在印度失踪，并不需要调动他们处的力量。

◆ ◆ ◆

在特里凡得琅城区，停电现象比郊区要少得多，刑事警察总局更是难得停上一次。这天晚上，此处也罕见地停了电。在证物室值班的警官立刻起身，奔向院子里的配电室，准备打开备用发电机。本局保管着全市各种刑案的罪证，更有冷冻的尸体，电力不可或缺。

警官拿着手电筒，大步走向配电室。忽然觉得颈后有冷风吹过，脊背上一阵发凉。警官回头一看，顿时魂飞魄散，手电筒一下子掉到地上，持斧罗摩大神就站在背后不远处！

印度人绘制罗摩的画像，习惯把他的脸画成蓝色。这样的颜色出现在幽暗的夜间，加上面孔栩栩如生，确实十分骇人。等警官意识到这是个戴着面具的人，一把利刃已经架到他的脖子上，腰间同时传来一阵尖锐的疼痛，注射器的针头插入他的体内。

“别出声！”来人注射完，拔出针头向他晃了一下。

“这是三氧化二砷，你是警察，应该知道这东西直接进入血液，你还有多长时间可活。”

冷汗顿时从警官头上冒出来，袭击者又掏出一个针管：“这是二巯丙醇，三氧化二砷的解毒剂，十分钟内你回到这里，我就给你注射！”

“你……你要我做什么？”

“你们保存的夏尔马画作，全部拿给我，特别是那幅血图，十分钟够你办完这件事。”

袭击者相当确信可以放警官独自前去。如果他敢报警，即使立刻跑到最近的医院求治，小命也难保全。果然，八分钟后，这个警官就拿着几个透明密封袋跑回这里。来人翻看一下，确认无误，把装着解毒剂的注射器放到地下，转身逃去。由于停电，院墙上的高压电网也成了摆设，来人几个箭步，撑着围墙越了出去。

性命第一，被劫持的警官不管是真是假，慌忙把注射器里的液体注进体内。喘息片刻，发现身上并无大碍，才打开发电机，同时拉响警报。此时，袭击者已经无影无踪。

这里监控设备比较完善，监视器内置电池，停电后还可以工作半小时。古布塔赶到后马上调来监控录像，上面记录着袭击者翻入院墙，袭击警察，再翻出院墙的全过程。

可以想象，此人一旦离开警局，必然摘下面具，混入人群。在茫茫人海中再难找到。古布塔来到现场，反复分析院子里的这些录像。看着看着，他在袭击者的面具上找到了线索。神话人物的面具在印度司空见惯，一般都是木质或者铁质，戴在脸上没有表情。旁人看到很容易发现。此人的面具却十分生动，看似某种皮质，或者胶质。

正是如此生动的表情，才让被劫持的警官产生了恐惧。古布塔从来没在市场上见过这样的面具。最后，一个有见识的警官提醒道，看质地，这东西很像宝莱坞电影中使用的化妆物品。

至于画像去处，古布塔自有推断。他火速来到马立克主持的那家卡拉里，一进门，就有一座巨大的持斧罗摩雕像面对着古布塔，表情和神秘人的面具十分相似。马立克这里布满罗摩雕像并不奇怪，持斧罗摩类似“武神”，是印度武术界崇拜的行业祖师。

德国人拉吉亚看到古布塔走进来，马上挡在门口。马立克走出来，见到是古布塔，示意拉吉亚退到一边。古布塔气愤地质问："刑事调查局刚刚被抢劫，夏尔马的画被抢走了，这事你知道吗？"

"哦，还有这种事？"马立克面不改色地回答道，"这充分说明你们警察办事效率低下。自己都保护不了，还能保护我们纳税人？"

听到他这样讽刺自己，古布塔很生气："我知道，夏尔马的死讯一传开，他的画作立刻升值。马立克，你想用你父亲的画卖钱，也不用这么着急吧？"

马立克毫不退缩，指着警官的鼻子吼道："你们丢了东西，为什么算到我头上？明天国会大厦再遇袭击，要不要也拿我是问？"

2001年底，六名武装分子对印度国会大厦进行自杀式袭击，造成六名警官死亡。此事一直被印度相关部门视为耻辱，马立克才拿出来羞辱警察。古布塔听罢倒是冷静下来，是啊，只看到来人戴着个罗摩面具，这并不算马立克派人作案的铁证。但自己既然来了，就不能落到下风。于是他指着对方的鼻子冷笑道。"你要小心，我随时在盯着你！"

古布塔带着警察匆匆离开，望着他的背影，马立克收住了凶狠的表情。“拉吉亚，你去查查，黑道上什么人偷了他的画？”

◆ ◆ ◆

“那孩子失踪了？确认了吗？”

“签证一过期，人家就通知了咱们大使馆。不是一个人，他和范东风一起失踪的。”

最初，肖亚雯还很自信，认为王鹏翔见到范东风，看到他混成那个糗样，就会悬崖勒马。不料范东风一番说辞，竟然让那孩子产生了无限的向往。相识两年多，肖亚雯第一次和王鹏翔争吵起来。那个男孩虽然刚过20岁，却是极有主见。肖亚雯越贬低这个前男友，他越觉得范东风不简单。到最后，竟然和范东风一起去了印度！

“吵过以后，那孩子就再不和我提范东风的事，我以为他们之间不再联系了。直到快上飞机，他才给我发了短信。后来，他们作为游客在印度失踪，咱们大使馆也只能等印度警方的进一步消息。”

和王轩父子二人这几年的交往，肖亚雯从未告诉过父兄。她觉得终极武术是个祸害，亲人们最好都别知道。他们知道她曾经遭遇绑架，但只认为是歹徒在求财，人又平安获救，便没有深问。

新力公司成为调查处的顾问后，肖亚雯也跟着父兄处理过案件中的科研成果。从李文涛、高峰和范丽身上，肖亚雯似乎看到了王鹏翔的未来。如果说那些人还需要搭建客观的实验平台，而王鹏翔靠身体就能完成实验。他会不会迷失，成为下一个自己坑害自己的标本？

直到昨天晚上，肖亚雯终于决定把这一切告诉杨真。她是警察，她亲自上过阵，她知道非法科研的利弊。也许她有办法找到王鹏翔，并且把他劝回正路。

“以我对范东风的了解，他们一定是在印度找了什么所谓狗屁大师，正在那儿埋头瞎练呢！”

肖亚雯比王轩小10岁，比王鹏翔大15岁，又没结过婚，各方面都不够她形成养母的威严。王鹏翔以前有秘密会告诉她，瞒着亲生母亲，是因为他觉得生母文化程度太低，肖亚雯学问高深。现在，王鹏翔已经开始质疑她的学识，言语间自然就减少了敬畏感。

“你不担心孩子会有危险？”

“也担心，可我也想让他碰个壁！前几年他太顺利了，这次得让他吃点苦头。”

“这孩子有多大？二十二三？”

“21岁。他说过，他要做中国的嘉纳治五郎。”

那是日本柔道之父，创办柔道时才24岁。王鹏翔想在更早的年纪创建不世奇技。一个人的野心适度燃烧，可以助他飞上轨道，如果野心瞬间爆燃，则能毁掉一个人。

就是在这个年纪上，李文涛形成了终生不变的价值观。为了科学，为了好奇心，他什么都敢做，什么都可以做。如果当年有人知道21岁的李文涛在想什么，给他正确引导，也许，今天他正待在某个实验室里发挥着自己的才智。

也许，他们会成为一对恩爱夫妻，而不是以命相搏的对手。

不，不能让这孩子成为第二个李文涛！

连续侦破几桩大案后，李汉云给下属们下了指令，他们可以随时挖掘可疑案件，拟定侦查方案，上报到他那里。单从肖亚雯讲述的这些事情来看，围绕着那个终极武术，就有一系列的犯罪阴谋。想到这儿，杨真握了握肖亚雯的手。“姐，你放心，从现在开始，这就是我的事了！”

肖亚雯如释重负，紧紧搂住这个异姓妹妹。是的，她不能让王轩的孩子出事。不管这孩子怎么让她生气，毕竟是他唯一的骨血。

“雯雯姐，有句话我说出来，你可别生气。”

“说吧！”

“你是研究行为的专家，咱们姐妹的关系也很铁。不过，你还得容我单独核实一下他的卷宗。”

她们都是专家，这是专家应有的严谨态度。肖亚雯拍了一下杨真的肩膀，表示没有问题。

不算这次在域外失联，王鹏翔连续卷入三起案件，最后一起还是国外发生的恐怖袭击事件。肖亚雯虽然知道不少，但她要么是听警方介绍案情，要么是听王鹏翔事后讲述，后两起根本没有参与。并且，肖亚雯对格斗技术没兴趣，虽然和王轩搭档很久，也只是把它们当成运算内容。

王鹏翔的本事到底有多夸张？如果属实，算不算重大安全隐患？恐怖分子只要掌握这些本领，就可以突破各种安保设施，徒手做下大案。

说办就办，杨真马上去走访与王鹏翔过往三个案件有关的各方。她先要了解王轩的案情，有关“终极武术”的一切都从他那里开始。杨真先到了中国武术协会，老同事们提起王轩，都说他为人厚道，讲义气，低调。至于终极武术，呵呵，王轩是总爱念叨这个，可是武术协会里哪有这种研究项目？只是他自己胡思乱想。怎么，这还涉及了刑事案件？

接下来，杨真又走访了王鹏翔的生母和养父，这家人正为他的失踪焦急万分，一直在等待警方消息。看到有个女警官来家里调查，便一五一十讲了这些年的怪事。当年王轩在山中惨死，作为前妻，王鹏翔的生母参加过追悼会。但她多年都不和王轩来往，根本不清楚他的近况。至于王鹏翔平时都和谁交往，他们更是一无所知。

那个俄国姑娘此时正随团在中国演出，肖亚雯带着杨真找到阿婕莉娜。有关自己与王鹏翔的经历，她讲的细节与肖亚雯大同小异，稍有不同的是，阿婕莉娜还讲了一件王鹏翔去印度之前发生的怪事。

那次她到香港演出，王鹏翔在学校周围找了家情侣酒店，两人一番缠绵，相拥睡去。半夜里，她忽然被惊醒。王鹏翔似乎在做噩梦，含糊不清地吼着，双臂乱挥，力气很大。阿婕莉娜怕被他误伤，赶忙翻身下床，转到他那边想去摇醒他。

就在这时，王鹏翔飞脚向她蹬来。多亏阿婕莉娜有着专业运动员的素质，反应神速，一个跟头翻到旁边。等她从地毯上跃起来，正好看到一个惊人的场面。王鹏翔背部用力，平行于铺板，几乎从床上直飞上去半米多高，凌空挥了两拳，才又跌回床上。只见他全身紧绷，猛一用力，“轰”的一声，那张床被压得四分五裂。

折腾了这么久，王鹏翔才清醒过来，只记得自己梦到与人搏斗，和谁，为什么，都已经记不起来了。而且梦境并不重要，关键是他在做梦时展现了复杂的格斗动作。

“他没伤到我，但是吓到我了！那样子很可怕，就像……肖老师，您不是心理专家吗？梦游是这个样吗？”

“不是！”

“我觉得也不是。那一瞬间……他的身体像被附体了。”

一个人并未指挥身体做动作，仅仅在脑子里想象这个动作，如果非常投入，身体也会有所反应。这就是王鹏翔参与研究的念动现象：一个人平时出神，或者处于入睡前的朦胧中，都会产生念动现象，但一般人最多是个别肢体抽搐片刻，没听过有这么强悍的例子。

“然后他告诉我，他觉得自己身上有些东西不对劲，而且有好长时间了。参加学院那个实验后，他不光会在不知不觉间做动作，梦也越来越多，梦到的人或者事情特别逼真，醒过来后半天走不出梦境。他说，这可能是什么……内功？”

最后这个词，阿婕莉娜用了中文，英语或者俄文中都没有对应词汇。

如果两对有情人都能成眷属，肖亚雯就是这个俄国女孩的婆婆。相识以来，她也一直关心这个独立、要强的女孩。“我有可能去印度找他，你去吗？”

“真的吗？我也去！”

这些还不够，杨真又去了香港中文大学运动生理学院找到何志浩，了解那个实验的细节。两个人都是心理学专业出身，很容易沟通。何志浩给杨真看了一段录像，记录的正是实验中的王鹏翔。屏幕上，王鹏翔坐在仪器监测区里，双目紧闭，嘴角微翘，腮部轻轻颤抖，似睡非睡，似笑非笑。表情不仅怪异，而且非常丑陋，就差从嘴角流出涎液。

突然，王鹏翔站起来，手舞足蹈，闭着眼睛，比画着自由泳的动作。速度越来越快，力度越来越大。这不仅有违实验规则，而且会碰坏身边昂贵的设备。何志浩不得不从镜头外走进来，把他硬推出去。王鹏翔这时才从幻觉中醒来。

“从那以后，我就不敢让他再当被试了。这个实验我们用了几十个被试，他是反应最强烈的一个。”

癔症？还是其他原因？杨真在脑子里推测着。肖亚雯说过，那个代号“白狐”的训练术，其目标就是挖掘人的感知潜力。或许，接受那个训练让王鹏翔的想象能力高度发展？

这些人的证词在杨真的脑子里建立起王鹏翔的轮廓。不过他们都是平民。更重要的情况，杨真从警方那里才能找到。

◆ ◆ ◆

“什么，是那个中国人来了？”

“对，他去找夏尔马，显然还不知道这边出了事。保安怀疑他有问题，直接报了警。”

听到部下的汇报，古布塔立刻来了精神。与夏尔马通信的中国人名叫范东风，10年前就有入境记录，据说是个学者。此人与夏尔马用英文在网络上通信，有关内容也都掌握在警方手里。古布塔正愁无法去中国调查此人，没想到他自己送上门来。

范东风并非单独来印度，身边还有个20出头的年轻人，古布塔没怎么注意他。听说夏尔马已经横死，住处还被查封，范东风大为吃惊，连忙询问死因是什么。

古布塔显得很热情，和范东风拉家常："中国我没去过，不过，我们城南新建的火电站，用的就是中国发电机。很快我们就要拆掉电扇，换装空调了。"

这个季节中，特里凡得琅的气温经常超过40℃，但警察局里却只有电扇。因为经常停电，一停就要换自备发电机，而那个东西功率有限，带不动空调。

古布塔一面和蔼地接待两个异乡客，一面观察对方。短暂寒暄后，古布塔介绍了案发过程：夏尔马如何将经纪人巴强刺死，又如何在警察局行凶，力毙众警，搏斗中死亡。这些细节货真价实，但是很不合常理，他想看看这个中国人听后有什么反应。

“你瞧，这些我们都无法解释，只能说是遇到了神迹。”

范东风被这些细节深深地震撼，不，不只是惊讶，好久他都发不出声音。“怎么了，范老师？”旁边那个小伙子用汉语问道。入境记录显示他叫王鹏翔，看样子，应该是这个范姓学者的学生。

范东风吃力地抬起头；“他……夏尔马打穿了那层壳，他跳进原型的海洋，却陷在里面不能自拔。原型的力量如此残酷，也许……也许我该收收脚步了？”

古布塔观察着两个中国人的表情。他听不懂中文，不过没关系。他已经录了音，过后会让翻译去解读。

“警察先生，夏尔马以前杀过人吗？”范东风问道。

“我怀疑，他可能连只鸡都没杀过。”

再没什么可谈，范东风向古布塔告辞，带着王鹏翔离开警察局。古布塔立刻安排便衣警察在后面跟踪。

“范老师，夏尔马死了，我们还能到哪里去找‘红书’的原始资料？”

“资料？看看他的下场吧，害人害己。”范东风用力挥着胳膊，像是要驱赶一个引诱他的恶魔，它已经纠缠了他20年，“也许，当年我把它毁掉算是天意。否则，不知道哪天，我对亲朋好友也会……”

20世纪30年代，荣格来到印度，访问当地一些自称见过幻象的有道高人，其中就有夏尔马的师傅。当时夏尔马才10岁，荣格与其师会谈时，他恭陪一边，端茶送水。师尊和荣格交流，彼此非常欣赏。临别时，荣格同样留下几个红皮笔记本作为礼物。

那是“红书”的原始素材。每记满一个本子，荣格会停下来加工整理，附上说明，生前留给家属的遗物便是最后的整理本。而那些原始素材，他会奉送友人，一起参悟。

夏尔马的师尊收下后束之高阁，秘而不宣。几十年后，这些东西辗转传到夏尔马手里。看到它们，夏尔马顿觉自己平生所绘都是凡间俗物。于是抛家舍业，日日参悟。依照上面的内容在心里求取幻象。偶有所得，便绘制一二。

当年荣格先到印度，后到中国，拜访道家高人。他留给他们的笔记本，记录下更多的原型。范东风十年如一日，不断访问世外高人，终于得到“红书”资料的中国遗本。在印度讲学时，还了解到夏尔马那边的情况，遂与之交流。后者闻知大喜，立即向范东风索取。范东风引其为知音，便将自己那些资料扫描成电子文件，从网上传送给夏尔马。

夏尔马年纪大，不会用电子邮件，安排经纪人巴强和范东风在网上联系。双方互惠互利，巴强也将夏尔马那些原型素材扫描成数码文件，发给范东风。两人经常就某幅画的细节进行交流。没想到再次见面，天人永隔。

两个中国人回到旅馆，范东风茫然地坐着，消化着夏尔马的死讯。坐了一会儿，看到范东风恢复了点精神，王鹏翔才向他询问，荣格当年为什么跑到这么偏僻的地方，而不是去新德里、孟买或者加尔各答这些印度核心城市。

“科学，逻辑，理性，他就是要躲开这些。”

范东风告诉他，荣格不光认为饱受科学教育的西方人难以见到原型，甚至认为正统宗教势力强大的地方，当地人也不容易回溯原型。古人看到异象不知如何解释，便附会于已经流行的宗教，本来混沌一片的原型被添上宗教含义，已非原貌。后人再根据这些文字和图像去修炼，更会南辕北辙。

所以荣格认为，某地文化越原始，当地人见到的原型越鲜活。在印度次大陆，南方比北方更原始。尤其特里凡得琅周围一带，几千年前雅利安人入侵时，印度最早的土著就生活在这里。后来伊斯兰教和英国文化进入，对当地影响也都不大。

看到范东风又愿意谈论“红书”的事情，王鹏翔终于提出了揣在心里很久的问题，“范老师，您……当年究竟是怎么训练自己的？”

范东风没有马上回答，他看看四周，从桌上拿起一本杂志。封面上，一个宝莱坞女明星摆着POSE，朝他们微笑着。范东风用左手把杂志拿起来。“你看她漂亮吗？”

王鹏翔点点头。范东风伸出右手，突然将封面撕成两半！那一刻，纸片破裂的声音压倒一切，在王鹏翔的心上撕开了一道口子，它很细微，但肯定存在。女明星像被军刀斜劈成两半，恍惚间，王鹏翔觉得有血迹从破口处喷出来。那一瞬间，范东风像刽子手般令他厌恶。

“刚才那一刻，你在内心感受到什么？震惊？愤怒？反感？厌恶？有没有？”

王鹏翔如实地点点头，心情也平静下来，这是一次心理测试。

“你看，你根本不认识她，这本杂志也不是你的私人财产，你为什么会愤怒？”

王鹏翔咀嚼着他的话，回味着刚才的体验。是啊，那转瞬即逝的情绪毫无逻辑可言，但它是真实的。

“好，再看这面墙，你看到了什么？”范东风指着对面的墙壁。上面贴着的墙纸非常老旧，有一块巴掌大的纸已经脱落，形成一块难看的疤。

“那块地方破了……”

“和这面墙相比，这块破损处的面积可能不到千分之一，可人们总是先看到它。”

王鹏翔呆住了，是啊，从来都是这样，衣服上的一点污渍，某个人脸上的一个饭粒，它们总会被第一时间注意到。

“只要打破完整、失去平衡、出现漏洞，人就会本能地产生情绪反应。那一刻，我们心里有什么东西被触动了。‘红书’记载的图像都象征着残缺、伤害、死亡、失衡。天天盯着它们修炼，就会给内心以强烈的震慑。这是通向原型的快捷之路，然而，就是它害了夏尔马。”

说到这里，范东风长吐一口气，站起来召唤王鹏翔，“既然来了，咱们去他修行的地方拜祭一下。”

◆ ◆ ◆

见到杨真之前，刑侦队长彭建军已经接到通知。他纳闷了好一阵。高科技犯罪调查处？这是何方神圣？部里新成立的机构？以前怎么没听过。她要调阅王鹏翔的卷宗？果然那孩子有问题！

见面后，彭建军放松下来。杨真比他小十几岁，就像刚出校门的学生。但是一谈话他就知道，这个姑娘很不简单。他一直对王鹏翔的离奇境遇有所怀疑，不过很多细节大异常规，彭建军无法把它们落到卷宗里。直到今天，他才遇上可以深谈的同行。

“他父亲被绑架，还有他被绑架，歹徒的犯罪目标绝对不寻常。可惜……”彭建军拍拍桌上的档案袋，“录了这么多口供，我却分析不出所以然。”

当年那个犯罪小团伙，因为造成王轩死亡，又实施了绑架这么严重的犯罪，首犯任海涛已经被处决，其他人都在服刑。他们越是如实招供，越是令人难以置信。什么？搞这么大事，就是为寻找终极武术？那是什么鬼玩意？

“为了取证，我们也请专家研究过从绑架现场找到的服务器，还让肖亚雯打开里面的软件。专家们分析过后，认为那不过是网讯公司的一个游戏模版。”

“现场格斗痕迹怎么样？”

“我知道你想找什么……”彭建军将笔记本电脑横过来，给杨真调阅他们在现场进行取证的工作照片，“一切都与笔录吻合。王鹏翔从被囚禁的地方冲出来，打倒所有绑架者，愤怒之下还差点把首犯勒死。”

王鹏翔继承了父亲的基因，身材灵活，但是绑架他的那些人，其中有退役军人，有散打运动员，而且都是成年人。“这些不可疑吗？”杨真指着现场的照片问道。

“我当然怀疑，你肯定也怀疑，要不也不会从北京飞到我们这儿。”彭建军无奈地摇摇头，“但又能怎么样呢？那年王鹏翔18岁，怎么也算是成年人了。他平时喜欢体育锻炼，情急之下击伤多名歹徒，虽然太不合情合理，但也只能这样做结论。难道我要写，他用计算机往脑子里输入了格斗程序？”

个半大小子对付几个成年人，肯定要玩命相搏。就是到了法庭上，王鹏翔也一直这么说，但是彭建军绝对不信：“事情绝没那么简单，3天啊，只有3天，我在警校练过格斗，3天连基本功都练不会。”

杨真从警以来，练习格斗也不知练过多少个三天，根本达不到卷宗里描述的那个程度。所以除了王鹏翔的运动底子之外，还要考虑当时的危险环境……

“你们能介入就太好了。”沉默片刻后，彭建军如释重负，“这3年我一直担心，咱们是严格控枪的国家，如果犯罪分子有了他这身本事，谁能挡得住？”

◆ ◆ ◆

范东风和王鹏翔坐上电动三轮车，驶向海边，来到一片面朝大海的缓坡。夏尔马修行的地点并不是深山密林、古庙旧寺，而是一个颇有现代气息的修行会所。他们买好门票走进去。一路上见到的都是雅致的小亭子，每座亭子里都只有一个人在练瑜伽。看他们的穿着，来自各行各业，但绝不是神职人员。

这是当地精英修行瑜伽的地方，实行类似于高尔夫的会员制。在中国，瑜伽被宣传成女性专用健身术，而在其本土，地位和中国禅宗近似，是上流社会追捧的修身之道，经营瑜伽道场也成为一种行业。

服务生带着两个异国人来到靠海的小亭子。这里占据着道场里最好的风景。服务生告诉他们，修行会所已经知道夏尔马的死讯，但他支付过一年租金，所以这个亭子还要给他保留，既然他们是夏尔马的朋友，不妨借给他们一用。

服务生点上香，端来印度奶茶，悄声退下。范东风面向大海，给王鹏翔介绍当年的经历。10年前他和夏尔马在此谈论两日，彼此惺惺相惜。范东风甚至没怎么参加过正式的学术会议。他觉得和那些专业心理学家交流，还不如和夏尔马长谈。

就在他回忆时，服务生带着个肤色很黑的当地人走了过来。那人来到面前，上下打量范东风，然后掏出一张照片，正是当年夏尔马和范东风在此论道时，经纪人巴强给他们拍摄的留影。

"你是……"

此人一张口，说的是本地土语。不会英语？这在印度是没受过多少正规教育的标志。他确认眼前是范东风本人，便掏出一封信，递了过来。信封上是"范东风"的拼音。服务生将此人的话翻译给范东风。原来他是夏尔马以前的仆人，夏尔马生前告诉他，如果自己突然死去，有个名叫范东风的中国男人又来拜访，可以把此信交给对方。

上午，范东风来到夏尔马的别墅拜访，在门卫处被拦住。这个旧仆正好路过，便一路尾随到此。范东风听罢连连称谢，不料对方伸出一个巴掌，并且手心朝上。好吧，这比感谢更有意义。无奈范东风囊中羞涩，王鹏翔便拿出五百卢比交给此人。

夏尔马在信上写道，如果你接到此信，就说明我已经被梵天带走。我没有见到神，却被神带去，这是命数。但我已经见到了梵天真面，此生足亦。

“他见到了他的神？这是什么意思？”王鹏翔问道。

“历史上很多教派都把修行目标定为见到他们的神。有的教派要见到上帝的脸，有的教派要从灵魂深处找到真主，夏尔马的教派要做到梵我合一。当然，他们看到的只是同一个东西。”

“您是说……原型？”他们谈论原型这么久，王鹏翔早就熟悉了他的思路。

“对！而且连这个名字都可以不用，‘原型’只是荣格为了方便陈述创造的词汇。反正，你知道那是我们心灵深处的至宝就行。”提到这个虚无缥缈的存在，范东风的语气非常恭敬，“唉，看来老先生早知道修行的结果会很凶险，仍然义无反顾。”

听他这么讲，王鹏翔不由得望望大海，再看看蓝天和阳光，仿佛要让这些阳刚的事物能够驱除森森的鬼气。是啊，义无反顾修炼的结果就是大开杀戒。如果他一定要去追求原型的奇迹，能避免自己中邪吗？

如果不能，那就打道回府，从此放弃？

不，那怎么行？为了追求终极武术，自己已经走了这么深、这么远、这么久。再想想父亲，他研究武术的年头比儿子的生命都长，父亲是怎么坚持的？

不，我承担着两代人的愿望。

那边，范东风接着往下看。夏尔马继续写道，今生不能与中国朋友论道，实属遗憾。不过他已经找到一位道行高深的人，另有通途进入原型。他已经将“隐秘红书”以电子文件的形式赠予对方。此人名叫马图尔，是一名“古鲁卡尔”，住在北面200千米的马埃拉纳城。信中附了他的地址。

“古鲁卡尔是什么意思？”

“当地武师的尊称。签证上的时间还够，我们可以坐火车去一次！

第六章　坠入深渊

“司法体系不能像阿米巴原虫，只能对社会问题做出被动反应。我们要知道十年后犯罪的新形式，要在今天就给全社会打预防针！”

这是李汉云给调查处定下的根本任务。自调查处成立以来，他亲自指挥解决了几个案件。现在摊子大了，李汉云不再事必躬亲，但仍然要大家汇报自己拟定的调查重点。通常，他们要在分享会上提出自己的建议。这种会议是李汉云设计的，方便让大家各抒己见。

最初只有六名部下时，李汉云亲自主持分享会，但不在会上做任何结论，只是点名让谁发言，再鼓励那些不爱讲话的人参与讨论。后来人多了，主持人经常更换。有时候李汉云也不一定在场。

今天，李汉云去拜访中科院领导，请他们派专家配合调查处的工作。分享会轮到蔡静茹主持，史青峰急火火地举手发言，端出了他刚刚调查的一个案例。

就在北京郊区，有家注册为“帝国妖姬”的机器人研发中心，正在研究性爱机器人。史青峰化装成民间爱好者去看过他们的产品，这款女性机器人能做三十几个动作，围绕着床上那点事，花样已经足够丰富。机器人表面材质是硅胶，还能升温到36℃。总之，各种感觉已经十分接近于真人，整体技术世界领先。

问题在于，这家公司并非向私人出售这种性爱机器人，而是要把它们集中起来，打造“性健康保养中心”，按次收费，提供服务。“实质上就是开机器人妓院，他们钻了法律一个大空子！”

“兄弟，你怎么知道它和真人差不多？你试过？”迟健民听罢打起了哈哈，这个话题怎么看都不像能够严肃讨论下去的样子。

“别闹，我在说正经事。”史青峰心里清楚，但是不擅言语，把脸涨得通红。

“这东西发明出来才好呢！”韩悦宾笑道，“咱们警察着什么急？该着急的是那些暗娼……”

“现在叫失足妇女。”

“好好，是那些失足妇女。”韩悦宾指着投影仪上那个帝国妖姬，“安全、卫生，还不会惹官司，这得抢多少失足妇女的生意……”

“我建议大家别再讨论这个话题！”蔡静茹作为主持，本来不能随意表态，无奈这些男同事嘻嘻哈哈的样子实在让她生气，“这里有好多女同事，你们开玩笑也请回避一下。”

处长不在，座中属蔡静茹年纪最大，人人敬她三分。“我是认真的……”史青峰嘟囔了几句，不再说话，剩下的人也都不再讨论它。

龙剑马上换了个话题，将一颗血淋淋的人头呈现在投影仪上。杨真背后，有新来的女警员吓得轻呼起来。

“各位，世界首例换头术模拟实验已经在中国完成，离更换活人的头只有一步之遥。如果说没有机构秘密计划这种事，我是不信的。现在就应该拟定条款，对国内所有有关研究机构发函，让他们接受司法监管。”

对科学实验进行司法监管？这个要怎么进行？可以援引现行法律的哪条哪款？大家纷纷向龙剑提出质疑。后者显然对“换头术”研究了很久，对答如流。中国已经颁布《器官移植条例》，里面不包含头颅或者脑组织，所以在中国进行人头移植即违法。

即使这条能够模糊过关，如果为活人换头，就要在他活着的时候迅速将头与身体“离断”，接在体外循环机上。再一点点接上血管、脊髓等组织。这相当于先对病人斩首！如果手术失败，医生就有杀人嫌疑。任何国家的法律都还不允许把活人的头切下来，哪怕他自己心甘情愿。

“处长教导过咱们，对科研进行监管不是给科学家找麻烦，是让科学有规有矩地发展。想想看，那边马上要切一颗活人的头下来，现场却没有司法人员监管。出了事谁负责？病人死了，医生要不要抓起来？这可不是截肢手术那么简单。”

比起性爱机器人，这个案例更接近于触动现有司法体系。大家开始积极讨论。史青峰自己的提案没通过，轮到生命科学话题，这是他的专业，于是便全力支持。座中其他人有的支持，甚至帮助龙剑设计监管条款，也有人担心于法无据。

就这样，分享会到了下午，新兵们端来茶和咖啡，让大家享受茶歇。杨真站了起来，向大家说道：“各位，既然休息，我给你们放段武打片怎么样？”

◆ ◆ ◆

范东风和王鹏翔在海边交谈时，古布塔的便衣站在远处，当然不可能听到他们说什么。不过，他们在订票系统中发现两个中国人买了去北方马埃拉纳市的火车票。古布塔指示便衣跟着他们上火车。

列车时速只有几十千米，晃动的卧铺车厢里只有他们两个人。范东风摆了个标准的莲花坐，闭目养神。王鹏翔也学着他做出这个动作。

良久，范东风睁开眼睛，向王鹏翔描述他曾与三个美籍华人格斗时的精神状态——热血奔流，全身燥热，肌肉似乎坚如钢铁，感觉自己刀枪不入，甚至感觉周围景物和人都会变得矮小。

带着这种膨胀的意识和对手搏斗，身体就会迸发出巨大的力量，即使受伤也暂时不觉得痛苦。但是人体能量终究有限，这种异常的亢奋只能持续几分钟。等那股劲头过去，人便会又倦又痛，萎靡不振。这对身体和脏腑的伤害极大。

可是，怎么才能进入这种精神状态呢？范东风告诉他，平时反复观想一些“隐秘红书”中的资料画，到了用时，只要在脑子里想象它们，就能让精神发生这种惊人变化。听起来易如反掌，但这需要经年累月的观想，他自己花了十几年才诱导出这样的变化，夏尔马花的时间更久。即使多年修炼，范东风仍然不能做到收发自如。只有在遇到危险状况时，才敢靠想象激发潜力，并且也不是每次都灵验。

范东风问王鹏翔有多久没做动作表象了，王鹏翔回答说，自从被阿婕莉娜发现自己发生那次恐怖的梦游，就不敢再做这件事了。

“在那天之前，你是不是就变得多梦？”

王鹏翔点点头。那段时间不仅梦越做越多，而且梦境越来越生动。梦见风吹会感觉寒冷，梦见吃饭会感觉到食物的味道，梦见有人唱歌能听到清晰的旋律。经常因为梦境过于生动，醒来后搞不清自己是否还在梦乡。

“我不敢再做动作表象，就是怕自己失控。可为什么会这样？”

范东风一边比画，一边解答：“这么说吧，当你脑子里生成画面、声音、气味这些感性元素时，你的身体就会形成生理唤醒。诗人、画家和音乐人创造力十足，但也更容易患精神病，就是由于这个原因。当你开始理性思考时，你的身体就会‘冷’下去。”

王鹏翔终于意识到，范老师已经不像出发前那么坚定。以前，即使他住过精神病院，仍然坚信自己有控制能力。也许是夏尔马的下场让他开始怀疑自己。

“其实，我当年在住处纵火时，并不比他强多少。”范东风陷入了沉思。那一天，他连续观想几小时，突然手舞足蹈，打开煤气炉，引燃一条条窗帘。如果事后没被鉴定为精神病发作，就会以纵火罪入狱。而他手里的“红书”原始素材也在火灾中焚毁。

一道大餐摆上桌，还没动筷，别人又要把它端走，王鹏翔此时就是这种感觉。“您……不准备教我啦？”

“我都没把握控制自己，怎么教你？我以为夏尔马年纪大，道行高，能比我控制得更好。来了才知道，他的下场更惨。原型，原型，开始是我在寻找它，后来是它在控制我。所以你……精神修炼这种事，年轻人最好别碰。”

王鹏翔欲言又止，心想：“不能修炼，那我为什么来印度？

“如果范老师放弃了，我自己能继续下去吗？这可不是练习动作，而是练习感知能力。看样子，内功练习确实能让人走火入魔。

“但是，肯定不会每个练习者都会坠入魔道。总会有人成功，为什么不是我？

“可如果我要坚持下去，又要找谁来指导？传说中的‘古鲁卡尔’？”

王鹏翔正在思考，突然，列车来了个急停。车厢里不少人都被晃倒了，一时间哭喊声、尖叫声响成一片。不一会，便从车头方面传来叫骂声、打闹声、玻璃窗的破裂声。虽然听不懂当地方言，他们也能看到列车左右各有一群人用大棒敲砸车窗。印度列车即使在行驶中也很少锁车门，很快就有人扒开车门钻上来，闯进车厢，见人就打。车上乘客少，又不知道下面发生了什么事，纷纷朝后面的车厢逃去。

两个警察端着步枪迎面过来，印度允许私人持有枪支，民间存着几千万把，所以列车警察都带枪巡逻。看到车上车下百十号人展开群殴，警察只好朝车窗外的空中鸣枪。这一来非但没有震住场面，反而火上添油，各式杂物从敞开的车窗里抛了进来。一时间车厢里各种汁水混着玻璃碴，到处飞溅。

两个中国人也跟着往后跑。他们不怕一对一单挑，可是情况不明，最好少在他乡异地惹事。两人挤在乘客中跑下列车，往车头方向一看，只见路基旁边正有几百上千号人拥向车厢。车上的乘客和乘务员受到攻击，有的出于自卫与下面的人厮打，有的四散奔逃。一时间物品乱飞，惨叫声此起彼伏。

虽然搞不清楚发生了什么，但在这种情形下，这列火车一时半会挪不了窝。两人商量一下，还是走为上策。看到附近有个小镇，他们便朝那里跑去。迎面，一辆辆警车呼啸而来，朝着铁路方向开去。显然是当地警察得知消息，前去镇压。

一直跑离冲突地点上千米远，两人才停下来，找个路边小摊子坐下，边吃边打听出了什么事。一个知识分子模样的印度食客懂英语，告诉他们，当地政府抓捕了一个宗教领袖，他的信徒企图阻断铁路滋事。

刚才他们就发现，下面袭击列车的人都穿着统一服装，原来是某个新兴教派的信徒。就在这时，一群信徒拎着大棒，撵着两个乘务员跑到眼前。范东风拉着王鹏翔退到路边。“咱们在这算老外，他们不会拿咱们怎么样。”

在王鹏翔眼中，范东风简直就是印度通，但这次范老师却看走了眼。一个信徒来到范东风近前，上下打量他几眼，突然抡起大棒砸向他的头顶！范东风完全没有思想准备。他只是个文人，如果不进入那种特殊精神状态，抵抗普通人都吃力。

就在大棒离头顶不到半米之际，王鹏翔猎豹一般从范东风腰侧闪过来，贴着地皮一个扫堂腿，对手当即被踢倒在地。王鹏翔顺势倒在地上，用双腿夹住第二个汉子的腰身，将他绞翻在地。自己则鱼跃挺身，挡在范东风面前。

“范老师快走，他们这是要下狠手！”久经战阵，王鹏翔瞬间就能判断出格斗态势。他一边喊，一边如猿猴般在几个汉子中灵活地蹿来跳去。说也奇怪，被王鹏翔逼退后，几个汉子惊诧片刻，迅速从四面八方站好位置，将王鹏翔围在当中。不论是彼此之间，还是和王鹏翔之间，距离保持得恰到好处，不露一丝破绽。几个人跟着王鹏翔前进后退，左移右动。不仅方向一致，快慢也跟着王鹏翔的节奏。即不和他接手，也不让他冲出去。

下不下狠手？他们这是在消耗猎物的体力，再实施围攻。这不是什么宗教信徒，而是狩猎民族的传统技能。王鹏翔手无寸铁，只有背后的双肩包可以承受几下打击。如果不主动出击，拖下去早晚会陷入绝境。

就在这时，王鹏翔身侧传来一声低吼，范东风横着跃过来，肩膀猛扛一个敌人。后者仿佛被高速行驶的小轿车撞上，离地飞起，跌到几米开外。范东风去势完全不加收敛，顺势撞进第二个人怀里，将他顶得仰面朝天，动弹不得。

就像暴怒中的绿巨人，范东风横眉立目，两眼血红，半躬的身躯里蕴藏着火山般的力量。剩下几个敌人被他骇人的气势震慑，慌忙搀扶起自己的同伙，向远处跑去。范东风居然忘记了刚才强调的不惹事原则，向他们猛追过去。

是的，一旦进入那种精神状态，代价就是思维混乱。王鹏翔明白这一点，跑上去拉住他的胳膊。范东风用力一甩，王鹏翔早有准备，一触即发，范东风用力过猛，反倒把自己摔倒在地。他刚刚爬起来，又被王鹏翔拉动他那条残疾的右腿，摔了个跟头。

“范老师，别追……别追……不要追……”王鹏翔小心翼翼地退到两三米开外，劝阻着范东风。他已经有了经验，范东风能让自己进入那种精神状态，但要再出来可不那么容易，必须让他慢慢把这怒涛般的力量释放干净。

果然，范东风爬起来，不再追赶那几个敌人，而是跑到路边，用肩膀猛撞一株碗口粗的树。砰！砰！砰！砰！树身被他撞得左摇右摆，直到树干“咔嚓”一下折断，范东风才颓然坐倒。看到他已经释放完原型惊人的潜力，王鹏翔才跑上来，拉着范东风躲进小镇中心，彻底远离冲突场地。

他们不知道，古布塔的便衣已经在几十米外记录下这场古怪的格斗。

“没事吧，范老师？”王鹏翔观察着范东风的状态。他摇摇头，吐吐气，看来已经恢复常态。他们找了辆出租车，和司机讲好价，朝马埃拉纳驶去。

范东风这种格斗方式毫无技巧，蛮不讲理，虽然伤敌一千，但也自损八百。上车后范东风捂着肩膀，疼得说不出话来。“那几个人受过训练，是故意朝咱们来的。”王鹏翔边给他按摩边问，“您认识他们吗？是不是在国内威胁您的那群人？”

范东风摇摇头：“当初有三个海外华人，在美国听说‘红书’资料落在我手里……不过，他们也不会上来就打架。刚才这些人都是当地人，也许只是群殴打红眼了吧！”

王鹏翔没再往下说，他能够判断一个人接受过多久的格斗训练。但这不容易说服范老师，那就自己多当心吧。

他们不知道这些人是谁，旁边的便衣警察可是很清楚。那些人都是马立克的部下，伪装成信徒混在这里。难道，他们是想趁乱绑架这两个中国人？

◆ ◆ ◆

大屏幕上播放着杨真搜集到的有关王鹏翔的资料。边播放，杨真边给同事们做着讲解……

听她讲完，韩悦宾第一个发言：“极限运动！他就是极限运动冒险家。比如女朋友被绑架，情急之下冒个险，当然什么动作都敢做。”

“我认为这个案子值得调查。”龙剑出乎意料地表示了支持，他把手中笔记本电脑里的一份记录放到投影仪上。他对王鹏翔很感兴趣。

“从算筹到计算机，从轮子到宇宙飞船，都只用了几千年，远远高于生物自然进化的速度。当宇航员登上月球时，他们只能用和山顶洞人一样的脑子，支配着并不强于尼安德特人的身体。人和工具之间进化速度的差距，早晚会引爆巨大矛盾。”

龙剑又调出另一段文字，那是他在“我们”一案中从心理实验大楼搜出的文件。作者是高峰和范丽，它们形成于一年前，那时候，他们还没有放弃用文字交流，文件上记录着他们的理想。

“从手机到电脑，从电器到汽车，如今的网络已经连接起几十亿个终端，人却还是孤零零的个体。这样下去，人类很快就会输给自己的创造物。”

龙剑指着这些文字对大家说：“你们瞧，改造人体，挑战潜力极限，不是一直有人在尝试吗？看看我们以前处理的案子，这样做会导致什么危险，我们不都见识过了吗？”

“如果我没把杨真的介绍理解错，那根本和你说的是两回事。”遇到自己的专业，史青峰当仁不让，“我们查过的案子都是有人用技术手段改造人体。这个所谓的‘原型’算什么？巫术？咒语？”

“但是从我们警方掌握的资料来看，这条路并非走不通，王鹏翔身上确实有着超人的能力。”杨真坚持道，“再说，这类案件的特殊危害大家也都看到了。改造人体不同于改造机器，有让人迷失本性的危险，我们不能等案发再出面。”

“这是个值得追究的案件，但更应该由反邪教局去负责吧？”以往遇到这种技术讨论，蔡静茹很少发言，今天破例开了口。香港那里有各种各样的邪门团体，作为警务人员，蔡静茹还参加过对他们的调查，“西方确实有些人很崇拜荣格，还建立过不少崇拜团体，但应该归为新兴宗教现象，我看不出其中有什么科技含量。”

“既然现在对这些团体没做定论，那我们调查调查，争取做出结论，也算是一种贡献嘛！”龙剑显得比杨真都积极，“处长教导过我们，司法工作者应该主动寻找社会上的新变化。杨真提交的案件就反映了这种主动精神。”

就这样，大家讨论到下班时间，还是决定把杨真的提案交给处长定夺。天晚了，杨真懒得去做饭，就去了餐厅，杜丽霞也端着餐盘走到她旁边坐下。“杨真，你心里要有个数，龙剑这时候让你跑出去，不是什么好主意。”

“为什么？”

“他去抓那些大案要案，让你消耗在这种小事情上面。”

这段时间，龙剑力主调查大型科研项目中的腐败问题，动辄几千万、上亿的案值。“现在咱们这些组长都还不是正式任命，他抢着作成绩，你可不能落后。”杜丽霞帮着她做分析。

杨真在人事关系方面并不是傻瓜，只是不喜欢太较真。“你是好意，我理解，不过我真不喜欢当官，当了官就得管人。我喜欢亲自解决问题。话说回来，你是不是觉得这个案子没搞头？”

“好吧，你不愿意争，那就算了。”杜丽霞笑道，“不过，你给咱们处立下汗马功劳，去印度就算旅游散心吧！”

◆ ◆ ◆

为防意外，范东风让出租车司机绕了几个圈子，直到确定后面没有跟踪者，才让他直奔马埃拉纳。夕阳西下，他们驶进这座小城。

马埃拉纳曾经是个土邦，昔日的王宫就耸立在城外小山脚下，现在被开辟成旅馆。这座小城有个特点，就是老建筑的外墙几乎都漆成金黄色。夕阳下放眼望去，马埃拉纳一片金黄色，灿烂辉煌。颜色虽美，颜料来源却难以启齿。原来，两三百年前本地居民是用牛尿做颜料。他们先让牛连吃几个月杧果叶，牛尿就变为黄色，满墙金黄原来出自“神牛”的膀胱。

两人找好住处，晚饭都来不及吃，就按照地址去找马图尔。这个神秘人的住处既非传统寺庙，也不是新潮瑜伽会所，而是城边那座王宫旅馆。此人大约四十多岁，租下旅馆中一间房，在那里长期留宿。和许多当地人一样，马图尔半裸上身，看不出肌肉有多强壮。只是一双眼睛深陷在眼窝里，显得深不可测。

听范东风报出夏尔马的名字，马图尔承认知道此人，但是对范东风讲述的来意却迟迟不做答复。看到对方这个态度，范东风以为是自己没讲清楚，就不停地陈述与夏尔马交往的过程。

好半天，马图尔忽然指指他们背后，高深莫测地说了一句：“魔鬼！你们带来的，就在你们后面。”

两人吓了一跳，回头看去，后面是王宫侧门，走出去便是一条小巷，里面什么人也没有。当然，马图尔说的不是人，而是鬼。加上语气阴森可怖，让正在被黑暗吞蚀的小巷平添几分鬼气。

“如果明天这时，你确定摆脱了魔鬼，请到后面山坡公路上找我！”说完，马图尔就摆了个送客的手势。

吃了个莫名其妙的闭门羹，两人无奈地往城中旅馆走去。马埃拉纳的规模只相当于中国的一个县城，他们步行十几分钟就回到小旅馆。刚要进门，一个高大的白人男人出现在他们面前！自我介绍是一名律师，代表乌尔里希·赫尔尼而来。

“代表谁？”范东风愣了一下。

“赫尔尼先生知道您一直在研究荣格的理论，您听说过他的名字吗？”

“不知道。”范东风确实一直在研究荣格，不过只是研究文字材料中的荣格。“赫尔尼”这个名字并未出现在任何与荣格有关的著作中。

“赫尔尼是他的外孙，苏黎世当地警察局可以证明。现在，赫尔尼先生是荣格遗嘱的执行人，‘红书’正由赫尔尼先生保管！”

一下子被点破此行目的，范东风被搞糊涂了。“你们有‘红书’……你们用它找到原型了吗？不不不，让我想想，世界上有很多人崇拜荣格，你为什么偏偏找上我？”

荣格本是个孤独的探索者，生前无权无钱，没组建自己的团队，仅留下一堆著作供后人参考，更是从未开宗立派。荣格过世之后声誉渐起，世界上有很多人视他为精神领袖。中国就有不少荣格信徒，每次开会都能集合百十号人，挂起他的画像顶礼膜拜。其影响力早已超过心理咨询这个狭窄领域。类似集会范东风也参加过几次，觉得不过尔尔，就再没去过。

“赫尔尼先生知道谁在求取真理，谁只是跟风膜拜。他叫我来，是想劝你放弃寻找原型，停止修炼，回到正常生活中去！”

“这个……我们只是把‘红书’当成文化遗产来研究。”搞不清对方的真实身份，范东风打起了马虎眼。

“真的吗？那样最好。”来人指指自己的头，“我们这些凡夫俗子的脑袋，承受不了那本书中的智慧！”

律师尽到责任，不再多话，飘然而去。剩下两个人呆在那里。回中国去？当然不可能，就是范东风想走，王鹏翔也要坚持。原型是什么？能有多强大？好奇心像猫爪一般紧紧握住他的心。何况范东风自己也走不了，他失业多年，贫困潦倒，是王鹏翔出钱提供了这次冒险的经费。

好吧，那就再坚持下去！第二天一早，两人就跑到王宫旅馆，不料马图尔已经结账走人。旅馆方面解释说，马图尔在这里已住了数周，早上突然离开，也不知道他的去向。

此人神龙不见首尾，看来只好按照人家指定的时间和地点去拜访。两人走回旅馆。路边小店前，几个当地人用椰子叶当碗，盛上米饭，用手抓着吃。两个中国人也坐在他们旁边，叫来同样的早点，边吃边讨论。

"我想，马图尔说我们带来了魔鬼，一定是指我们被跟踪了。"范东风似有所悟，"他让我们下午去山坡上见面，是因为那种地方容易摆脱跟踪。"

王宫后面的山坡离市区并不远。两人休息到下午，恢复了体力，开始走向目的地。他们先兜了一个大圈子，绕路往山上爬去。一边走，一边观察后面有没有尾巴。走来走去，只有一个年轻白人背包客始终在后面，不远不近，不疾不徐。这种传统文化圣地，这样的白人背包客并不少见。但是王鹏翔把范东风拉到一边，向后努了努嘴。

"魔鬼八成就是指他，这个人受过训练，我从他的走路姿势能看出来。"

"拿得准吗？"

"没问题。"

第七章　恐怖的原型

“巧巧儿童行为矫正中心”

牌子上的内容没有变，只是换成了亚克力板，变得更加美观。活动室里面，原来的小屋、楼梯、吊椅和大型积木都旧了，工作人员正在往里面搬新的。

这里就是李文涛用作掩护的工作室，案发前，他的身份就是小老板。虽然只是掩护，毕竟干自己的专业，李文涛也很用心，挑选的雇员都来自心理学专业，对孩子要有爱心。几年搞下来，这家行为训练中心小有名气，运转得很好。

案发后，几名员工都被警方扣留调查。她们完全不知道“李总”在其他地方干了什么，很快就被释放了。但是工作室由李文涛注册，他死了，店也无法再开下去。

与李文涛再次重逢后，杨真一直到这里与他见面，那些蹦蹦跳跳的孩子们也让她很留恋。肖亚雯看在眼里，知道这里有她一段难解的情结，便请父兄出面，让新力公司买下这个工作室，重新装修，把三名雇员请回来，从里面挑出一个人担任经理，重新开业。

20世纪90年代初中国有一轮投资热，各种国办机构流行搞“三产”，跑到市场里趟水。当时，肖毅文凭不够高，在学术圈混不上去，便自告奋勇，为他所供职的教育心理学系创办副业。用“心理”的谐音做品牌，起名为新力公司。经营内容自然不离本行，什么智力测验、员工招聘、心理训练，就这样慢慢发展起来，现在成了心理学界最大的经营实体，正在筹备上市。

“杨总……”一个和杨真同龄的女孩热情地迎出来，她叫白雪华，应用心理学系毕业。杨真第一次来到这里时，正是白雪华给她端的咖啡。虽然杨真并非生意人，但是白雪华知道，这个店是靠她才保留下来，心存感激，称呼中敬上三分。

今天有八个孩子来做行为训练，都是注意缺陷障碍患者，俗称多动症。杨真一高兴，便亲自下场，把孩子们叫到周围。

“和小朋友比，成年人有什么优势，你们知道吗？”

“知道，成年人力气大。”

“大人们都有钱。”

“爹妈能管着我们。”

"……"

"总结得都不错，不过有一条你们没说出来。"杨真盘腿坐下来，示意大家围坐在周围，"成年人比孩子更能控制自己。现在咱们做个游戏，大家像我这样盘腿坐好，双手放到膝盖上，全身上下一动不动。谁动了就出局，咱们请白老师做裁判好不好？"

听到要做游戏，还有竞赛性质，孩子们都很高兴。于是，活动室变成了修行室，孩子们像小和尚、小尼姑一样摆出打坐姿势。不一会儿，这个抬了手，那个晃了头。杨真坐了3分钟，把所有的孩子都熬出了局。

"白老师给你们掐了表，每个人记住自己出局的时间，以后争取每天延长半分钟。等你们在这个本事上超过爸爸妈妈，你们就成熟了一大步！"

孩子们散开，到塑料建筑里面做游戏去了。杨真坐到一边，和白雪华一起喝着苏打水。"唉，李总如果一直做这个该有多好。"白雪华感慨道。在她眼中，李文涛始终是个好老板。

是啊，杨真也以为这就是李文涛的一生。虽然平淡，然而踏实。至少，这比变成物证室里冷冻的切片好无数倍。甚至有些时候，杨真后悔大学期间拒绝了他的示爱。如果能在李文涛身边平衡他，这个天才仍然能发挥潜力，也许就不至于走极端了。

杨真又想到了高峰，就那样离奇地死在自己的实验中。死前完全没有人类的恐惧，但是给亲人们留下了人类的悲哀。

王鹏翔也会这样吗?

不，一定不能让悲剧在他身上重演。这些天赋的精英，也许往后退一步能为人类做贡献，往前迈一步就是万丈深渊。

很快，李汉云就把杨真叫过去单独谈话。“你这个调查方案里提出的理由还是比较充分的，不过有个问题你得如实回答。你提交这个案件，有没有个人考虑？”

“个人考虑？您是指……”

“你和肖亚雯算是亲戚，失踪者又是她关心的人。”

是啊，这个因素存在吗？她是不是很想帮肖亚雯找到那个孩子？杨真思考片刻，回答说：“其实，肖亚雯并不认为他会有危险，是我觉得他可能会在印度出事。”

有一些因素杨真不会考虑到，但是李汉云处在他的位置上，要为大局多想一想。沉吟片刻，李汉云点点头。

“没有个人因素最好，你等我的决定吧！”

杨真以为她还要等几天，但是当天下午，彭建军那里传来一个线索，让李汉云立刻做了决定。

在范东风居住的城市里，不久前一个清晨，当地人在河面一艘挖泥船上发现了三个昏迷不清的人，遂报警送医。这三个人都在格斗中受了伤，其中一个人更是抢救两天才脱离危险。然而他们苏醒后都不表明身份，立刻引起警方怀疑。

就这样，被扣了一个月之久，他们才挤牙膏一样吐露出自己的身份。原来他们都是外籍华人，小时候在中国长大，20世纪80年代或90年代随父母出国定居。所以他们不仅能讲汉语，还带着方言口音，这个因素很长时间误导了警方。至于为什么会昏迷在偏僻河道里，并于夜间被人打伤，他们又迟迟不愿意讲明。

显然，这里面涉嫌犯罪。就这样，案件转到刑侦队长彭建军那里，三个人的家属也从美国找来律师。几方协商后这三个人才交代，打伤他们的人叫范东风！而他们寻找他，是在寻找一份被叫作“隐秘红书”的手绘笔记，据说那是引导人类通灵至圣的法门！

李汉云立刻把杨真叫了过去。“不管王鹏翔身上带着什么绝技，都是一种潜在危险，你去把他找回来，让他待在我们视线里！”

高科技犯罪调查处成立后，这是第一次有人出国执行外勤。程序并不简单，军人和司法人员出国，要经过严格审查。杨真更是有生以来第一次以官方身份出国。所以，虽然李汉云批准了调查计划，还不能马上成行。

利用这段时间，杨真专门找到肖毅，以侦察员的身份向这位科学顾问请教。先由肖亚雯把前因后果给父亲讲了一遍。

“对不起，爸爸，好几年了一直没和您说，就是怕威胁到家人的安全。”肖亚雯坐在父亲身边，讲着讲着，眼泪流了下来。独自一人承担了几年的精神压力，突然释放出来，肖亚雯觉得一身轻松。

肖毅把女儿搂在怀里，拍着她的肩膀：“没事，没事，腥风血雨爸爸经历过，这不算什么。”

望着他们，杨真心里好一阵羡慕，羡慕到有点嫉妒。

肖亚雯都快40岁了，平时也是一副很独立的样子，可是在父亲面前却像个14岁的小女生，可以撒娇，可以嬉闹，可以寻求安慰。杨真从未在生父那里得到过这些。无论患病、失恋、职场遭遇危机，还是生活中遇到困难，父亲从来不在场，也不过问。

“是范东风带那个孩子走的？”肖毅问道。

肖亚雯点点头。杨真在酒店里听肖亚雯讲过，知道这个人是她的初恋。

“好吧，我得和杨真单独谈谈。”

等肖亚雯回到自己的房间，肖毅给杨真讲起范东风这个人。他和肖亚雯是高中同学，高考前两个人就确定了恋爱关系，范东风还跟着肖亚雯一起报考心理学专业。入学前，肖亚雯带着他在父母面前亮相。范东风表现出强烈的好奇心，让这对科学夫妻非常高兴。记得有一次全家跟团旅游，肖亚雯邀请范东风同行。后者始终跟在导游身边问东问西，肖亚雯却忙着和同学聊天，当时肖毅还提醒女儿，多向小范学学，对什么都要有点好奇心。

后来，新力公司接手一个研究项目，考察因练气功“出偏”的精神病人。“出偏”是气功词汇，心理学界对这类现象不屑一顾，没人系统研究过，不知道“出偏”的原因是什么，更没有解决方法。然而，这个有中国特色的病态现象客观存在着，有些出偏患者更在社会上滋事，警方对此很头疼，希望科学界能有人提供对策。肖毅决定突破这个禁区，为此专门组织团队。范东风当年还是本科生，肖毅便让他参加，跟着那些研究生跑前跑后。

肖毅没想到，正是强烈的好奇心让范东风对出偏现象入了迷。那些出偏患者给他讲自己练功的体会，个个说得天花乱坠。慢慢地，范东风不再把他们当成研究对象，甚至不再当成精神病人，他想亲身体验内丹、真气、拙火定这类传奇。

从此，范东风变得沉默寡言。肖亚雯看到他的变化，非常担心，总想把他拉出来。范东风就拿各种观点来反驳。“所谓科学，所谓理性，所谓现实，所谓正常心理，只不过是薄薄一层地壳。潜意识的熔岩一直在寻找薄弱处迸发出来，它是强大的能量，只是表现为精神异象。别怕，人人内心里都有这团熔岩。别人一生都见不到，你却能看到，应该高兴才对。”

这些话传到肖毅那里，他才知道问题的严重性。再后来，范东风和警察发生冲突，反对他们逮捕此类民间巫师。“你们一直在批判巫婆神汉，你们真理解他们吗？你们近距离观察过这些人的做法吗？根本没做现场调查就下结论，这是偏见！”

这样一来，肖毅只好把范东风请出团队。甚至，夫妻二人开始阻止肖亚雯和范东风继续恋爱——这对开明的父母唯一一次干涉了女儿的人生选择。开始肖亚雯还不能接受，后来范东风越来越缩进自我的小圈子，不再关心她，肖亚雯才意识到父母是正确的。

“小范接受了一些野路子，认为‘神棍’是通过自我催眠，进入一种特殊精神状态，可以把灵魂深处的潜力释放出来。他还认为‘神棍’只是因为没文化，对自己的精神状态说不清，道不明，才被世人误会。”肖毅给杨真介绍着当年的范东风。

自从与警方合作，肖毅的团队研究民间巫术已经有十几年，然而，还是范东风住进精神病院让他最为震撼。“看到他的变化，我才最终意识到巫术是什么，那就是人为的解离过程。”

“人为的解离过程？”

“要了解这个概念，你得先去趟新力公司，找台仪器亲自体验这个过程。”

杨真来到新力公司时，肖亚霆已经按照父亲的指示安排了一个女助理带着她进入新设备实验楼。在地下一层主实验室里面，放着一个圆形金属水箱，至少三个衣柜那么大。水箱上安装有电热器，可以让水温保持恒定。一具呼吸机通向里面，使用了复合材料，十分轻柔，戴在脸上很快会习惯化。

女助理告诉杨真，这就是公司正在研发的感觉剥夺实验箱，目的是快速提升人的内部感觉能力。和人们通常的理解相反，一个人运动成绩越强，对机体内部的感觉能力也越强。

进入这台水箱时，被试要用眼罩消除视觉刺激，用耳塞消除听觉刺激，呼吸机提供的气体要除臭，以消除嗅觉刺激，水温要长期控制在生理零度，以消除温觉刺激和冷觉刺激。实验时人要裸体全身浸没在水里，消除对重力的感觉。总之，心理学家要用这台仪器把人的感觉刺激尽可能排除，再观察人类的心理活动。

“要全裸进入？”

“是啊，所以肖总才让我来协助您进入。”

“感觉剥夺实验”，杨真在心理学基础课上就听过，只是没做过。老师们不知道它有什么实际意义。课本上介绍的实验用具也很简单，根本没有什么大水柜，只是让被试躺在床上，除了眼罩、耳塞外，就是在胳膊上套纸板来减少触觉。这种实验设备杨真别说进去体验，从来就没见过。

“怎么……还有危险等级？”杨真看着水箱旁边控制台的界面。上面依次有“安全”“危险等级一”“危险等级二”“危险等级三”的图标。一个类似浴缸的设备能有什么危险？

“肖老师说，这个要你亲自体验。”在新力集团中，员工们称呼肖亚霆为“肖总”。当他们喊“肖老师”时，指的是更长一辈的肖毅。比起企业家这个身份，肖毅还是更像学者。

在助理指导下，杨真脱光衣服，先去电子秤上称了一下体重。“这个程序有什么用？”这已经远远超过了当年课本上那点内容。

“一会儿你就知道了。”女助理笑了笑，没有正面回答。杨真知道，很多心理实验都是如此，不会告诉被试要经历什么，以免给他们造成预期心理。

戴上软式头盔，打开呼吸器，从水箱上部钻进去，把全身泡在温水里。平时身体上永远裸露在外面的部分现在要包起来，其他地方却都要裸露出来，她忽然觉得这种训练很好笑。

很快，杨真就感觉自己的灵魂像被从肉体里挖出去，抛进虚空。然后，身躯也像是融化在水里。世界就像不存在一样。即使在郊外练习静坐，周围也总有些蛙鸣鸟语。有生以来，杨真第一次体验失去99.5%的外部感觉是什么样的状态。

接着，她开始觉得心跳像鼓一样响，呼吸像在拉风箱。在水里一举手，一弯膝，身体内部都能传来极其敏锐的感觉。她发现自己的内部感觉敏锐了许多，仿佛有盏灯在身体里亮起来。肌腱、关节、各种内脏，以前这些都只是文字概念，现在她真能感觉到它们的存在。

甚至，自己体内有639块肌肉，她能逐渐把其中较大的肌肉区别开，一块块地感觉到它们——位置、大小、形状。是啊，为什么不能感觉呢？每块肌肉里面都有感受器，都通过神经系统最终与脑相连，人脑既然能控制它们，自然也应该感觉到它们。只是平时很少有人专门去感觉它们。

世界彻底消失，宇宙中只有自己的身体、内心，不，身体不知道什么时候也不存在了，只有一颗心灵悬在虚空中。

突然，一团亮光中李文涛拿着柳叶刀向她冲过来，面目狰狞。杨真躲啊躲啊，就是跑不开。她看看四肢，它们都在，为什么控制不了？

不，李文涛已经死了。念头刚转，一头迅猛龙代替李文涛扑上来，朝她张开血盆大口。6岁时妈妈带杨真去看《侏罗纪公园》，开演后才发现此片儿童不宜，但是又不方便退场。结果杨真受了很大惊吓。从那以后将近一年时间里，晚上她都要开着灯才敢睡觉。甚至在妈妈给洗头时不敢闭眼，只要一闭眼，恐龙的暴牙就在眼前晃。

恐龙消失了，杨真正骑在一块陨石上，朝着地球冲过去。越来越快，越来越快，周围的空气已经燃烧起来。

就这样，幻象层层叠叠向她涌来。不不不，这都不是真的，我是在梦中，我为什么进入梦境？我在哪里？好像是在做实验。做实验为什么却会做梦？

不，我要醒来、醒来、醒过来——

杨真挣扎着，挣扎着，突然一只手把她拉出水面。杨真迅速摘掉头盔，钻出水柜，大口大口地呼吸着。女助理把浴巾给她披上，扶着她下到地面。杨真坐在软椅上，大口喘息，身体疲惫至极。

“是不是很清晰的幻觉？”女助理问道。

“是是是，太清晰了……我在里面待了多久？”

“27分钟！”

这么短？杨真感觉有十几个小时的长度。“来，你再称称体重。”女助理扶着杨真走上电子秤，才不到半小时，居然失去了一斤多体重？

“你在里面剧烈运动，消耗了很多能量。”女助理把刚才的监控画面放给杨真，只见她在里面挥拳踢腿，挣扎不已。由于是在水里运动，消耗更为严重。

“人失去外部信息，都会在一定时间后进入幻象。设备上有生物反馈，综合起来能够反应被试受到惊吓的程度。我们根据严重程度分级，适当时候唤醒训练者。”

“训练一定要经历噩梦？”

“不，前面对内部感觉的体验才是训练目标，幻境都是副作用。但是个体心理素质不同，有人会很快进入幻觉，有人很慢。不过这次，肖老师让我直到三级警报才唤醒你。”

幻境中每件事都是杨真所恐惧的，遭遇的时间从不久前一直上溯到幼儿时代。这已经不是黑暗感觉，这是黑暗心灵，它们一直都在她脑子里，只是没有机会浮现出来。

“每个孩子刚到人世，都生活在彻底的主观世界中。周围各种面孔、各种声音、各种颜色、各种气味混成一团。慢慢地，孩子总是吃同样的饭，见同样的人，屋子总是那个样，周围街道总是那个样。客观世界一点点修正人的主观世界。慢慢地，孩子们体会到客观世界超然、庞大，不以他们的意志为转移。我们得去了解它、适应它，而不是靠虚构来解读它。”

肖毅从资料柜里拿出一些照片，都是出偏患者的丑态，有的满地打滚，有的手舞足蹈。“然而，有些成年人觉得这个过程约束了精神世界的自由，压制了意识深处某些神秘的力量。他们提出各种修炼方法，宗教的、气功的，五花八门，宗旨就是让成年人再次脱离客观世界。恢复偏执、内向、自我中心的儿童心理状态。世上几乎所有苦修、所有原始巫术，都在追求这个目标。”

肖毅最后拿出两张范东风的照片，一张是他与肖亚雯在恋爱中的合影，一张是他待在精神病院的房间里。“你注意他的眼睛，当初是什么眼神，后来又是什么样。”

20岁的范东风双目有神，后来的那双眼睛空洞无物，仿佛精神都收缩到心灵深处的某个角落里。“他这次去印度，说明还是没放弃当年的幻想。希望你这次去，能把他平安地带回来。”

虽然听女儿讲了半天王鹏翔，肖毅对这个陌生人还没有什么印象。他一直对当年那个得意门生有着负疚感，觉得是自己将他引入歧途。

肖毅把女儿叫出来，一起讨论眼前这个案子，话题又转到了“红书”。杨真学过心理学史，知道荣格的生平简历。此人生父就是神甫，家中很多亲戚供职于教会。在他的家庭里，异象、启示、预言全被当成真实的存在。荣格从小就产生过许多幻象，他曾经看到血云从天际降下，笼罩欧洲大地，周围的一切被冰封住。

荣格成长于世纪之交，在当时的人们看来，这些宗教幻象要么是精神病症状，要么就是骗人的胡话。后来荣格拜弗洛伊德为师，也是想理解这些超乎寻常的异象。再后来，他觉得老师对灵魂的探索远不够深入和大胆，便与弗洛伊德分手自成一家。

这些粗浅史实杨真都知道，“红书”却第一次听说。肖亚雯告诉他们，分手后她还是很关心范东风，这些年断断续续有些联系。她知道，10年前范东风就听说了这本书，从此执迷于寻找它。

荣格离开被科学板结起来的西方世界，走遍天涯海角，去未开化社会寻找精神幻象。在那个时代，非洲巫师不会和印度婆罗门交流，天主教神甫也不与中国道士切磋。他们都只用本门术语阐述精神异象。荣格则见识过所有这些门派的人，听得多了，便觉得大同小异。于是他删除任何有宗教门派象征的符号，只抽取最中性的画面。

荣格不光在采访中画下那些幻象，还请当事人校正。年复一年，荣格积累下几百张图画。他认定，任何人不管什么文化背景，都能够从这些绘画中感受到原型的力量。因为这些原型代表着人类的一种集体潜意识，每个人只要认真观摩，都能由此唤醒自己的某种潜能……

20世纪30年代，荣格来到中国，遇到一个名叫王全真的道士，后者以《太乙金华宗旨》相赠，被荣格引为奇书，认为自己一生追求的东西都在里面，于是便回赠了几个笔记本，里面画的就是他走遍世界收集的原型异象资料。当然那只是副本，荣格自己留有正本。笔记上不光有图，还有解释，说明这些图取自何处，见证人从中得到什么体验。

一个西方学者如此理解道术，王全真引以为奇，便留下这些笔记本，作为参考传给徒子徒孙。经过漫长岁月，王门后人已经不知道里面记了些什么，只知道是属于师祖的贵重物件。几年前，范东风从王氏传人那里看到这些笔记，一下子就发现了其中的价值。正巧这位王氏后人手头紧，范东风凑了几千块钱把它们买了下来。从此每天面对着它们打坐修炼。

终于有一天，范东风在住处放火，端坐在烈焰中，等待异象降临。消防队及时赶到把他救出。在“纵火犯”和“精神病人”两个身份之间，法官最终选择了后者，范东风便被关在精神病院里。

“我积累过不少例子，证明精神病症可以用系统方法人工诱导治疗。但是，范东风这件事就发生在我面前。”肖毅长叹一声。他知道那场火灾，范东风被救出后，屋子里的东西都烧了，也包括那些宝贵的笔记本。“他发病之前，学校曾经派他到印度做学术交流，不排除他在那里见过什么人，引为同道。所以这次才又跑去印度。”

“肖老师，有件事我不明白，荣格花了半辈子寻找这些幻象，他自己不早就变成了精神病，或者神棍？”这不符合杨真所学的心理学史，“历史上的荣格最后也就是个大学教授吧？”

“是啊，他的精神一直都很健康。”肖毅对此也感觉很奇怪。荣格终生研究邪术，自己为什么不中邪？这个问题，只好请心理学史专家去研究了。

“《红书》出版了吗？”

肖亚雯听范东风描述过“红书”的内容，看上去只是一些胡写乱画，配上胡言乱语。荣格说过，如果把它转化成标准的学术语言，写成论文专著，那就等于什么都没说。对于幻象，只有最原始的记录才最真实。荣格到了晚年，生怕有人误得此书，修炼不当，走火入魔，但又舍不得销毁它。所以死前留给家人要他们保管，严命不得外传，直到最近几年，才出版了它的删减版本。而没有出版的部分危险资料，却早已被他当赠品流传于少数几个人手中了。

现在看来，不管这部分资料有何魔力，至少它已经被很多人盯上了，会惹出腥风血雨。

◆ ◆ ◆

走到下一个转弯处，王鹏翔闪到岩石后面，范东风沿着原路径直走下去。后面跟来的人正是拉吉亚——受马立克吩咐，盯着这两个可能与巨额遗产有关的中国人。

山路狭窄，等拉吉亚走近，王鹏翔突然闪到他面前，近到互相都能感受对方呼出的气息。拉吉亚向后猛跳，下意识地拉开架势。王鹏翔有备而来，见状大喜。在这种狭窄的地方搏斗，他可以发挥灵巧的长处。这人可能有点本事，但总不会比那群俄国白狐更厉害。

拉吉亚并未动手，他一路前来只为跟踪。一旦被揭穿，打与不打都失去了意义。相持片刻，拉吉亚颓丧地甩甩手，转身从原路走下去。人地两生，王鹏翔也不便追赶，转身跟上范东风，往预定地点走去。一路上不忘东张西望，还好，不管“魔鬼”还是人，他们后面再没有跟踪者。

夕阳下，山坡上停着一辆色彩斑斓的卡车。周围不仅没有房屋，连其他车辆也没有，这辆彩车显得非常突兀。车本身款式很旧，没有20年，也有15载。远远望去，大篷车厢上绘制着几个印度武士打斗的场面。显然，这是行走江湖、表演印度传统武术的流动厢车。

马图尔站在车前，朝两位来客打着招呼：“很好，这次你们甩掉了魔鬼。”与昨天相比，马图尔热情了很多。双方握过手，主人指指车厢后门，做了个邀请的手势。范东风迈步走过去，王鹏翔自然也跟上来，却被马图尔拦住，示意他到前面驾驶室休息。

范东风愣了一下，立刻明白过来。看外表，王鹏翔只是个大学生，“红书”资料这么重要的东西，马图尔自然不愿意随便出示。他马上向主人介绍，王鹏翔并非随从，本身大有悟性，也是为求取“红书”资料奥秘而来。

马图尔打量着这个小伙子，啧啧称奇：“在印度，你这个年龄的孩子都在追板球明星，看宝莱坞电影，你却有这种精神追求？难得，难得。”

三个人进入车厢，马图尔反锁车门，打开空调，将大家封在与世隔绝的小环境里。寒暄几句，谈话进入正题。马图尔告诉来客，他从小修炼哈他派瑜伽，颇有功底。见到夏尔马的绘画后，顿时觉得先前所学局限太大。他认为夏马尔的画才是真正的天启，超越一切教派之上。便向夏尔马请教，深得后者欣赏，不仅登堂入室，得其真传，还受托管理“红书”的原始素材。

夏尔马年事已高，随时可能去世，确实需要将宝贝托付给可靠的人。马图尔这番陈述也解开了范东风心中的一个谜团。他从未听夏尔马说过此人，现在明白问题出在哪里。此人与夏尔马相识时，范东风已经被关进精神病院，与夏尔马失去了联系。

范东风非常想了解此人在修炼方面到底有多高境界，才会让夏尔马如此重视。老人生前十分孤傲，像范东风这样可以交流“红书”资料信息的朋友，总共也没有几个。经过交谈，范东风知道此人确实是一位得道高人，便向他询问：“那么，可以参验您手中的副本资料吗？”

马图尔微微一笑，拿起遥控器，打开厢壁上的投影仪，同时调暗灯光。屏幕上出现一副图案。里面是许多道门，一个门套着另一个门，从大到小有七八重之多。最后一扇门中间漂浮着一个圆形图案，向四外放着光。整个图案偏于画面的右上方，让王鹏翔产生了强烈的不平衡感。

“对对，这是‘红书’资料里的图，荣格命名为‘神的阴影’。”范东风惊喜道。

在范东风的笔记本中，荣格还记载着这个原型的来历。有北欧维京人敬神的石穴壁画，有西西里岛一处中古伊斯兰遗迹墙壁上的绘画，还有东非肯尼亚原始基督教堂中的彩画。这些风马牛不相及的宗教图案里都包括这一图形。

马图尔按下遥控器，屏幕上又换了幅图案。那是一个大大的圆形，里面有一道道弧线，从外圈弯向中心，很像是穿山隧道顶上那种通风扇的造型。王鹏翔觉得这个图案非常熟悉，在哪里见过？突然他意识到，图案整体很像中国的太极阴阳鱼，只要删掉两个圆点，再把阴阳两鱼分隔成十几道，就形成了眼前这个画面。

“这是荣格在欧洲找到的一个原型。”范东风给王鹏翔做着讲解，“它出自几个患精神病的画家之手。他们谁也没见过中国的太极图，但却产生过非常相似的幻影。所以荣格才坚信，原型就潜伏在各种文化符号后面。”

马图尔接连出示几幅电子图片，原件要么来自范东风，要么来自夏尔马。范东风甚至辨认出一张图片的页角处有点破损，正是荣格送给王全真的笔记本中的某页。

看着这些图，王鹏翔一直没有说话。开始他还点点头，回应着范东风的讲解，最后完全沉浸在画面里。马图尔冷眼旁观，十分惊奇。这些怪头怪脑的图案在普通人眼里毫无意义，王鹏翔却似有所悟，看来，这个小伙子真的不寻常。

目睹这些原件，范东风对此人的身份确定无疑。“现在，我还有更妙的东西请你参研。”马图尔关上屏幕，从一侧棚顶拉下一个卷轴，上面赫然贴着那幅血图。范东风虽然听古布塔讲述过夏尔马案件的经过，却并未见过这幅血图，但他认识夏尔马的画风。“这，这是他的作品？”

“这是老先生一生中最后看到的原型幻象。对此我已经参研了很久。来吧，两位好好看看。”

图画中大片血色带来强烈的压抑感，但两个人都没意识到那是用什么颜料画成的。听到马图尔的话，范东风连连点头。自从笔记本被烧毁后，范东风产生原型幻影的能力就越来越差，他急于找回以前的精神状态。

马图尔打开一盏聚光灯，让光线打在血图上，然后关上其他灯光。黑暗空间里，只有血图放射着绚丽肃杀的光芒。马图尔转身出去，关上了门，安静的车厢变成了修道场。

范东风不再开口，他让呼吸平稳下去，眼睛半张半闭，一点余光锁定血图。王鹏翔虽然没有系统练过所谓内功，但是动作表象训练的过程与之相去不远。于是，他也调整好呼吸，对着血图全神贯注。

渐渐地，血图上的旋涡在他眼前放大，再放大，最后成为整个世界……

不同宗教徒在修炼时，脑海里的观想对象五花八门，但都有一个共同点，就是专注于某个特殊图像，不旁骛，不走神，让它成为精神世界的全部。每天数小时这样做，久而久之，人的心理就会发生变化。两人都知道这个原理，他们目不转睛地望着血图，那个旋涡仿佛开始转动，越转越快，隐隐能听到低沉的吼声从那里传出来，或者是水流和气体被卷进去的声音。这些声音当然不存在，但王鹏翔却能够听到它们，越来越清晰。

看着看着，王鹏翔的视线被血图吸引住，想移都移不开。他的呼吸越来越急促，全身发热，一股内在的力量逼着他站起来，动起来。如果他克制着让身体不动，那股力量就要破体而出。

不，不，我得安静下来，静下来，静下来，我要控制自己的身体。

王鹏翔万般无奈，只好闭上眼睛，视线刚被切断，全身立刻放松下来。天啊，这究竟是什么力量？竟有如此强大的迷惑力？仅仅来自一幅图——它还不是荣格的原作，只是夏尔马的幻象。如果是“红书”的原始资料，又会厉害到什么程度？

王鹏翔放慢呼吸，数着心跳，直到内心平静下来。啪！灯光全亮了起来。“看来两位已有领悟。”马图尔不知什么时候已经回到车厢里。

“这个……直指人心！夏尔马老师有此一画，不枉一生啊！”范东风赞道。

“不过，这种用颜料制造的幻象还算不上顶级。现在是电子时代。数码制作的原型如果呈现出来，再配上适当的声音，更有沉浸感！”

这个原理，范东风自己曾思考过。可是……“难道还有人用数字技术加工过原型？您这台电脑里有吗？”

“肯定不在这里，破车厢中怎么能形成顶尖的视听效果？”马图尔说道，“而且，那些东西我也不会制作！不过你们真要看，就得做好远离尘世的准备！”

等到杨真进入印度，这些事情已经发生了两个月。范东风和王鹏翔果然远离尘世，不见踪影。所以，杨真的公开身份是来调查中国公民失踪案的警方人员。

肖亚雯也一起前来。当初给杨真讲这个故事时，她还不担心范东风和王鹏翔会出事。什么“红书”资料，不过是一个心理咨询师的胡思乱想，又被一群信徒放大成惑众的妖言。但是父亲说得对，不管那东西是否真有异效，关键是天底下有群人相信它有用。就像宗教法器，无非金铁木石制造，附上传说就会神奇起来，引得你争我夺，纷斗不止。

一起来印度的还有阿婕莉娜。男朋友不辞而别，她虽然也生气，但时间这么久，阿婕莉娜更怕他出事。听到她们要出发，便推掉演出，办好旅行签证，一起入境。

一行人先来到中国大使馆，听取失踪案的调查进展。范东风和王鹏翔进入印度后在何处住宿，在哪里上火车，网络上都有记载。特里凡得琅警察局把这些信息提供给中方。于是杨真一路南行，向印度同行请教。

看到杨真出示的文件，古布塔权衡再三，决定还是介绍点自己掌握的情况。夏尔马的案件已经走进死胡同，唯一能绕出来的路就在那个中国人身上，他也得寻求中国同行的帮助。

古布塔告诉杨真，这两个中国人最后出现在马埃拉纳市一家旅馆，从此宣告失踪，再没有出现于印度的任何宾馆、机场、车站和码头。无论是网络还是监控，都没有发现他们的踪影。

“这个范，他在你们国内有什么前科？参加过什么犯罪集团？”

和范东风在印度遇到的所有人一样，古布塔也不关心那个中国大学生。“王”看上去不是“范”的学生，就是随从。杨真听到他的问话，也松了口气。真正复杂的是王鹏翔，范东风要简单得多。于是，杨真也介绍了范东风的经历。

“精神力量？他来印度是为了寻找精神力量？”

“至少他自己这么认为。”

“哈哈，精神力量……哪国人来印度都说要找什么神秘的精神力量。”古布塔晃晃手机，那是中国的华为牌，“哪有什么精神力量？都是骗你们外国人的，我倒更希望印度能制造出好的手机……”

古布塔忽然生出一个想法。夏尔马案件现在的重点已经不是他为什么杀人，而是他的遗产在哪里。自己那些手下是什么情况，古布塔心里有数，肯定有人收了马立克的贿赂。但是那个团伙头子的手不会伸出国，如果事情真与“范”有关，他可以借助这个中国警官的力量。

于是，古布塔屏退左右，详细地给杨真介绍起夏尔马的案子，最后分析道：“如果范来印度真是为了寻找那个精神力量。他知道夏尔马死了，应该回国才对，为什么又去马埃拉纳？”

“您是指遗产？我了解范东风，钱对他没什么意义。”肖亚雯忽然插了一句，这让杨真都没有思想准备。

某些人之常情可以超越国界，肖亚雯此行身份是中国专家，但是她的神色让古布塔产生了怀疑。她一定知道些什么。如果加大压力，是否会让她说出更多真相?

“据我调查，本地有团伙也盯上了那笔遗产。为了百亿卢比，他们会朝任何与夏尔马关系密切的人下手！”

“范……”

这次，杨真用手压了压肖亚雯的胳膊，示意她冷静下来：“古布塔警官，刚才您提到夏尔马的死亡过程，我感觉很奇怪，他真能重伤那么多警员吗？”

“如果我不是恰好在场，只是读卷宗上的文字，我也不会相信。”

“范知道他这个死亡过程吗？”

“范是平民，所以我不能告诉他案件细节。不过夏尔马事件在这里传得风风雨雨，我也不排除他在其他地方听到了什么。”

“夏尔马这种死法，不是恰好证明那种精神力量存在吗？也许这就是范东风去马埃拉纳的目的，他得到了什么线索，认为那种精神力量真的存在。”

砰！办公室的门被一把推开。“怎么回事，我不是告诉你们，谁也别打扰我和中国警方谈话吗？”古布塔呵斥着进来的警员。

“警长，马立克那边出事啦！”

第八章　大爆发

为了找到那笔失踪的巨款，马立克不惜聘请私人侦探。利用偶然得到的线索，一个事务所追查到经纪人巴强的财务往来明细。结果摆到马立克眼前，让他惊得眼球差点掉到地上！

和巴强合谋转移夏尔马财产的同伙居然是伯尔帕德——那个道貌岸然的学者。马立克还记得向此人咨询时对方说过的话，他说他只关注绘画本身，不管它们值多少钱。天啊，伯尔帕德当然知道它们值多少钱。这些年来，这些钱被一笔笔转到伯尔帕德虚设的海外账户，又经过复杂的洗钱程序，最终回到印度国内。其中有三成提给巴强，七成留给伯尔帕德。

在这座城市中，团伙的执行力胜于警察。很快，马立克的手下就发现伯尔帕德已经失踪多日。但是他留下了妻子和两个女儿，还有父母和其他亲戚，这都是现成的人质！马立克吩咐手下，把他们统统带到卡拉里，关进地下室。

听说伯尔帕德手里藏有一亿多美元，这家人纷纷表示完全不可能。伯尔帕德薪水微薄，他们家只买了一部号称全世界最便宜的轿车——印度国产“塔塔”牌汽车。伯尔帕德还要和兄弟姐妹各家轮流使用，完全不像有钱的样子。

马立克亲自跑到学者的住处实地调查，看到里面简陋的陈设，也有点怀疑。但是私人事务所言之凿凿，认定钱就是伯尔帕德套走的。而且，全部亲戚都联系不上伯尔帕德，此人供职的学院也早就失去了他的消息。

伯尔帕德的妻子苦苦哀求马立克放过这家人，如果该死的教授偷走一百亿卢比都不告诉亲人，怎么指望他在家人遇险时前来赎人？

“对他来说钱重要还是亲情重要，我也想知道答案。”马立克没有别的办法，只好赌上一把，继续扣人。

古布塔得到报警，带着警察找上门来。经过一番搜查，卡拉里中完全见不到任何人质的踪影。临走时，他再次收获到马立克的嘲笑。

“别浪费时间了，去找那个伪君子吧！夏尔马的钱都是他偷的！我猜，老头听说钱被偷了，一怒之下宰了巴强。什么神秘的精神力量，就是一起普通诈骗案！”

古布塔身为警察，可不能随便猜测。他迅速向全国发出通缉令，寻找伯尔帕德。回到警局，古布塔回想起他就“血图”一案咨询伯尔帕德时的情景，后者面对那张画变颜变色，心情紧张，到了海岸区警察局，伯尔帕德对夏尔马的血腥奇迹却完全不惊讶。

是的，原来他对死者知根知底，当然不惊讶。

两天过去，伯尔帕德毫无消息，既然没处找他、马立克便命手下殴打人质，拍下鲜血淋漓的照片，发往伯尔帕德的网络账户。限他一天内现身，否则每天杀掉一个人质。

12个小时、15个小时、18个小时，伯尔帕德全无音信。看来此人要么死了，要么铁下心肠选择钱而不是亲人。

24小时到了，马立克来到伯尔帕德妻子面前，抓住她的头发用力摇着。“在男人眼里，父母孩子都是血亲，只有老婆可以换，所以我要从对他价值最低的人质下手。”说完，马立克一挥手，两个打手冲上来，拖着人质的头发往外拉。女人哭着、喊着，大骂伯尔帕德没有良心。

这群人从地下密室走上地面，捂着人质的嘴，把她拉向后院。突然，尖啸声划破空气，一根截断的钢筋飞掷过来，为首的打手被当胸命中，踉跄几步摔倒在地，鲜血从口中狂喷出来。

此时，马立克周围有十几个打手，他们一半手持尖刀，一半手持铁棍，两样东西都是卡拉里帕亚特流派的拿手兵器。发现有人袭击，这群人立即四散开来，面朝外围着马立克，武器斜斜地撑在身前。此时已到傍晚，天色昏暗下来。周围树影重重，寂静中透着肃杀。

马立克蹲下查看，被击中的手下口喷鲜血。按住他的胸部，伤者便声嘶力竭地叫起来，显然胸骨已经碎裂。谁能有这种骇人的力量？

正思索中，昏暗中又一团黑影飞了过来，一个打手仗着身高体壮，挥起手中的铁棍去击打。“轰”的一声，那东西四分五裂，打手也捂着胳膊蹲了下来，呻吟不已。原来是块水泥砖——修建卡拉里时留下的建筑废渣，被人随手抓起来当成武器。打手承受不住那巨大的冲击力，腕骨已经断裂。

“散开，四处搜！”拉吉亚指挥打手们布好阵形，自己握着弯刀，朝水泥砖掷来的方向奔去。十来个人跟在他后面，排成扇形队伍。这样，对手如果再出手，最多击中一个，其他人立刻就能找到目标，进行反击。

马立克身边只剩下两个人，和他一起站在人质身边。就在这时，一个人影飘了过来，像是没有重量。女人质惊喜地尖叫了一声“教授”！这声呼喊将马立克吓了一跳，他立刻明白了来人是谁。原来，印度女人讳忌叫丈夫的名字，平时就起各种绰号去称呼。伯尔帕德的妻子干脆称呼丈夫的职称。

此时的伯尔帕德甚为古怪，他赤裸上身，短裤也有几处破损，头发蓬乱，似乎多日没洗澡，还留着大胡子。如果不是人质先认出来，马立克根本不敢相信他是那个西装革履的大学教授——面前分明是印度教寺庙前常见的苦行僧。更奇怪的是，伯尔帕德瞪着血红的眼睛，像一头愤怒的公牛。

马立克不及细想，伸手去擒来者手腕，想把他摔倒在地。马立克从小习武，那双手劈过椰子，劈过木板，弯过钢筋。不料伯尔帕德将到近前时，头部后缩，双肩上耸，直撞向他的胸口，来势就像一列火车。马立克知道不好，慌忙倒退，双手变掌向前撑住，随即便被那巨大的力量带过，狼狈不堪地踉跄了几步，差点摔倒在地。

两个打手护主心切，抡着铁棍扑上来。伯尔帕德抓住其中一个，把他当成沙包甩了出去。背上挨了另外一个打手的铁棍。但是他浑然不觉疼痛，转过身来，硬生生掐住对方的喉咙。

马立克从小没有父亲管教，在街头打架斗勇，什么样凶狠的表情都见过，但这才是他平生看到的最狰狞的一张脸，只有三分像人，还有三分像兽，最后四分像鬼。伯尔帕德将第二个打手摔倒在地，居然狠狠咬了他一大口！

嚎叫声传遍整个卡拉里，也让马立克肝胆俱丧。伯尔帕德转过身，带血的口中吐着死亡的气息。不，这不是武术，没有任何技巧，这是个被魔鬼附体的人。

此时，马立克一身武艺都不管用了。他一把拉过伯尔帕德的妻子，挡在面前，用刀架在她的脖子上。此举意图再明显不过，不料这个大学教授似乎被愤怒烧坏了脑子，径直冲过来，想从他的怀里抢人。马立克从未想到事情会这样发展，下意识地手起刀落，划开人质的喉咙，将喷着鲜血的身体推向伯尔帕德，转身逃走。

身后，一声凄厉的惨叫划破云霄。马立克完全顾不上回头看，没命逃跑。对面，拉吉亚带人转了一圈，没找到袭击者，正带着打手返回这里。“他疯了，快杀了他！杀了他！”马立克指着身后喊道。

拉吉亚等人还未意识到危险，发现伯尔帕德便一拥而上。半疯的教授从地上捡起铁棍，车轮般横扫起来，顿时就有两个打手飞了出去。拉吉亚知道不好，赶忙打了个手势，一群人分散开来，在拉吉亚的指挥下布开阵势，将伯尔帕德团团围住。他们不急于上前，而是跟随着伯尔帕德前后左右迅速移动着，始终把他圈在其中。

这下，没有受过任何武术训练的伯尔帕德变得束手无策起来。众打手准备消耗掉他的蛮力，再一拥而上，将他拿下。

可就在这时，一辆“人体卡车”呼啸着撞了过来。拉吉亚只觉得疾风掠过，身边一个打手便惨叫着横飞出去，包围圈顿时告破。第二个入侵者站到圆圈中央，猛地将伯尔帕德推出去。

“你去救人，剩下的人交给我！”

圈里闯进来一个东亚人，众打手对此看得清清楚楚。有个打手看到伯尔帕德跑开，下意识地从后面追上去，没跑出两步，后颈就被一只手抓住，对方脚下一绊，就把他踢倒在地。这个东亚人抢过他手里的铁棍，上下飞舞，左拨右划，展示着打手们从未见过的娴熟技艺，同时又有着罗摩般的神力。打手们的武器一个个被震飞，捡回来，再被击飞。

拉吉亚见到此情此景，只好避免与他硬碰硬。但是没过上两招，手里的刀仍旧被他击飞。好在此人虽然神勇无比，却没有伤人的意图，只是想把他们都困在这里。结果，从刚才一群人围攻一个人，变成了一个人戏耍一群人。

这就是王鹏翔。面对这群小矮子，王鹏翔兴奋不已。他们为什么这么矮？他们的动作为什么这样缓慢？这个院子为什么如此局促？王鹏翔感觉自己正在跳着美妙的舞蹈，完全不是在战斗。随着动作，全身畅快不已。对，对，就是这样，真气、灵蛇、蔓荼罗，不管它被叫作什么，反正是它在身体里流转不停，让他的力气如恒河之水，源源不断。

那边，伯尔帕德朝卡拉里中心跑过去，正看到马立克驾驶一辆豪华轿车从车库中驶出来。伯尔帕德奔上去，侧着身子朝车厢一撞，车子居然被撞得半边轮子离开地面。马立克把握不住，轿车直撞进旁边的木板墙里。马立克慌忙跳下车，朝着卡拉里中心跑去。他在墙壁上按了一个控制键，地面打开一个洞口，马立克连滚带爬，顺着扶梯跑进地下室。他一把拉过伯尔帕德的女儿，把刀架在她的脖子上。

“你别过来，别过来！你要想清楚！”马立克朝着追下来的伯尔帕德吼道。他不敢保证对方的头脑现在还清醒，万般无奈，只好故伎重演。

伯尔帕德收住脚步。然而，马立克怀里的人质被囚禁多日，看到父亲冲过来，大喜过望，尖叫着从马立克的掌握中往外挣扎，马立克条件反射地挥动匕首！

不远处，王鹏翔还在与众打手周旋，为伯尔帕德争取时间。突然，从卡拉里中心传来一声野兽般的嘶叫，吓得一众打手都停了下来。王鹏翔跳到一旁，转身看去。只见伯尔帕德满身鲜血，手里拎着马立克的人头！

“先生，你怎么杀了人？”王鹏翔大惊失色，这可不是他们约定的计划。

拉吉亚看到那颗滴着鲜血的人头，意识到这次无法善罢，大喊一声：“杀了他！”众打手条件反射般冲向伯尔帕德，拉吉亚却掉头就跑。他知道肯定打不过，本想让打手们做掩护，无奈一把利刃从后面飞过来，从他的后背直穿出前胸。

“先生，你过了界！”看到伯尔帕德飞刀杀死拉吉亚，王鹏翔意识到局面已经失控。他眼看着伯尔帕德挥舞铁棍，横扫着眼前的一切。家具、兵器、人体……惨叫声不断响起来。

马立克想证明人质的价值，他得到了答案。王鹏翔似乎也从眼前的情形中，看到了那幅“血图”如何画成。伯尔帕德握着一把长刀，疯狂地劈砍着。他根本不知道劈的是谁，劈在哪个部位。手掌、胳膊、耳朵，甚至头颅在他眼前乱飞，鲜血喷在他的脸上。这气味让他好愉快，好兴奋，那张扭曲的脸上分不出是什么表情。

王鹏翔呆呆地望着伯尔帕德，是的，他似乎并不愤怒，而是在笑，一边挥动长刀，一边哈哈大笑。仿佛体验到无比的快意。

这就是心灵熔岩破壳而出的结果？

是啊，当然就是这个结果。原型作为心里最潜在的意识形成于人类文明诞生之前，在那些岁月里，血族复仇和采摘打猎一样，都是每个成年男人的义务。在没有钢铁和青铜的时代，古人就用木棍和石块，面对面进行着效率低下的厮杀。

一扇大门正在王鹏翔面前打开，既通向天堂，也去往地狱，还要不要继续走进去？

一个打手吓得晕头转向，逃到王鹏翔跟前。伯尔帕德紧追不舍，铁棒砸向打手的后脑。不管王鹏翔如何选择，伯尔帕德已经被那扇门中的力量吸了进去。

“够了！”

王鹏翔运足他刚刚掌握的力量，用手里的铁棍遮挡砍过来的刀。兵刃相交，空气中暴出清脆的响声，两人都向后方摔去。

古布塔得到报告。立刻带人来到现场，大家都被血腥的场景骇住了，这哪里是格斗现场，分明是车祸现场，只有大卡车反复地横冲直撞才能制造这种场面。这与海岸区警察分局里发生的事情一样，没有格斗，只有单方面的屠杀。

统计结果表明，袭击者杀死了包括马立克在内的12人，重伤9人。现场还有1颗头颅，5条胳膊，一些分辨不清的肢体，都是被生生砍下来的。12小时内，又有3名重伤者在医院里不治身亡。他们或者被砸碎颅骨，或者被弯刀划出许多伤口，皆因流血过多而亡。

所有这些死伤者都是卡拉里的学徒，他们受过系统的武术训练，最少的也有3年。至于袭击者，已经确定是宗教学者伯尔帕德。现场找到了他的妻子和一个女儿的尸体，伯尔帕德的父母和另外一个女儿事后逃脱，马上报了警。

伯尔帕德现身时，他们来不及和他说话。一家人脱身后，也再没看到伯尔帕德。

医院里，清醒过来的伤者声称伯尔帕德发了疯，这和他家人的描述相当一致。另有几个目击者声称，他们见到一个长着中国面孔的年轻人参与袭击。不，不是印度东北地区的人，肯定是中国人。很少有中国人走到印度这么偏僻的地方，所以他们对他印象深刻。根据现场附近证人的目击报告，两个袭击者逃向了西高止山区。

工业保安部队队长萨拉什卡也来到现场，看到那斑斑血迹，不禁叹为观止，兴奋地对古布塔说："老兄，这不是人干的，这是一支人形武器！我要抓住他们，我要知道这种武力是怎么训练出来的！”

不，现在顾不上这个。古布塔马上用手机联系杨真，她还在新德里等消息。“杨警官，你看看这个人，是你要找的那个王鹏翔吗？”古布塔把警官手绘的肖像发给杨真。

“我不确定，但我会带着熟悉他的人来辨认。”

杨真、肖亚雯和阿婕莉娜一起回到特里凡得琅。警方有根据证人描述绘制的肖像，有现场个别人手机拍摄的混乱画面。这些模糊线索凑在一起，很难辨认。杨真没见过王鹏翔，肖亚雯与阿婕莉娜虽然都与他很熟，但也是好久才认出他来。现在的王鹏翔一头乱发，身着破衣，更像乞丐，而且他穿着印度男人常穿的裹裙。

“现场没有另外一个中国人吗？”肖亚雯问道。

“没有，只有他和伯尔帕德！”

王鹏翔遇到了什么？为什么不和亲人联系？怎么又和伯尔帕德混在一起？他平时很爱干净，不可能是这身打扮。

她们在这里得不到答案，唯一可以明确的是范东风凶多吉少，王鹏翔也陷入滔天血案。她们必须留下来，找到他们的踪迹。

长期思考夏尔马这个怪案，让古布塔对有关事物都保持警觉。终于，他从一个意外的渠道那里找到了线索。

这大，古布塔参加亲戚家一个后生的婚礼。典礼前，大家族里面的年轻人凑在一起，说说笑笑。古布塔凑过去一看，一个远房亲戚家的孩子正给同龄人展示他的作品。这个后生供职于某电脑动画公司，他们承接影视公司外包任务，制作动画效果。

古布塔一看屏幕上演示的视频，差点叫出声来。这不就是血图吗？而且已经从静态变成动态，缓慢变化，显得更有迷惑力。

古布塔忙让这个孩子播出他制作的另外几个视频，可以确定，素材就是来自警局里被劫走的夏尔马原画！“古布塔叔叔，这些动画的概念图邪气得很。没人物、没情节，完全像是幻觉。”年轻动画师说道。

当一个影视导演在脑子里构思镜头时，需要把它画成草图。布景师根据这些图制作场景，演员也要根据它们来表演。早期，影视导演只能用素描的方式绘制简单的概念图。现在，影视公司会雇用美术专业人才，跟随导演画出他们心中对场面的构思。

这种设计草图就叫概念画，制作电脑动画时，概念画尤其重要。眼前这些视频的原始概念画，其中有相当多都是夏尔马画的半成品，保存在他生前从未离开过的那间画室。这些古怪邪气的绘画后来被人从警局劫走，古布塔一直认为是马立克抢过去，准备升值后卖钱的。现在看来，盗画者的动机完全不同。那么，当初也有可能根本不是马立克作的案。

另外的力量早就介入了这个案子。

古布塔马上追问提供概念画的客户是谁。年轻人告诉他，客户是个五十多岁的人，看上去像个学者，但肯定用了化名。这种做法在电影行业里很流行。一般制片公司都不愿意让影片情节过早曝光，有些大制作的投资方怕外包时被人索取高价，也会使用化名发包业务。所以，这家动画公司也不知道对方的底细。

“那么，请你们制作这些动画的人，他们要用它来做什么？”

“这个问题，也许黑天大神才知道答案。这个活儿我们已经做了两年，对方陆续把概念图发过来，都是没有人物情节的纯粹图案，这两年我始终没看到它们出现在哪部电影里。但是，他们对动画画质的要求高到变态的程度，不管成本，一定要达到他们的精确度。似乎不是要在普通影院放映。”

“那你们就没有好奇，问过他们？”

“我试探着问过，那人说这叫装置艺术，要在艺术馆展出。我也不好多问，合同里都有保密条款，我们只管制作，不能过问去处。”

古布塔又花了几分钟时间，了解放映那种特效合成动态画所必需的技术条件。年轻人推测说，它们很可能用于某部电影的合成效果。如果真是这样，最重要的是要有个球幕摄影棚。演员站在里面表演，背景上放这些视频，将两者融合，形成最后的画面。

印度是电影大国，摄影棚数不胜数。但是要打造成球形，或者在摄影棚里制造一个球形空间，范围就缩小了很多。古布塔马上着手调查，很快就得到结论。全印度只有五个球幕摄影棚，四个在孟买的宝莱坞地区，剩下一个位于班加罗尔国际科技园。所有这些摄影棚的日程都排得满满的，一直预约到半年后。所有摄影棚的租户都是货真价实的电影公司。他们又调查了全印度所有的球幕影厅，并没有哪个已经被废弃，转作摄影棚。

“不，你调查的方向不对。手里有将近2亿美元，伯尔帕德完全可以自己建造一座。”萨拉什卡接触这个案子时间不长，反而一眼看到了端倪。

鉴于伤亡重大，这个案件在印度警方系统里也升了级，各种资源都被调动起来。很快，一起不久前发生的失火案就与此并案处理。案件现场属于一个名叫马图尔的民间武师。他有1公顷土地。一年前开始在上面打造冷库，为附近农户的农产品提供仓储服务。冷库造得很大，收的货却不多。半个月前，冷库忽然从内部失火，工人施救不及，也找不到老板马图尔，只好请消防队到场。结果，冷库在大火中焚毁。

清理现场时当地警方发现，这座建筑物内部只有一半是冷库，另一半是个球形壳体，倒扣在地上，直径30米，高15米。因为完全内置于建筑物，从外面经过的人根本看不到。

警方在冷库里发现了两具烧焦的尸体，经DNA鉴定，其中一个是马图尔，另一个从残存的皮肤上看，应该是个东亚人。警方询问了工人，都回答说他们不清楚球壳那半部分的情况，老板从来不让普通工人靠近它。至于失火原因则已经确定，是一个乙烷气瓶爆燃所致。

金属球壳里面不仅有尸体，还有各种烧毁的仪器设备。经过还原，能够辨认的有投影设备、音响等，整个球壳就是座球幕影厅。然而，里面还有不少医学检测仪器的残骸。毒品工厂？偷窃人体器官的秘密手术室？都像，又都不像。

最不可理解的是，医疗设备怎么会与放映厅摆在一起？

古布塔立刻来到现场。马图尔？民间武师？以他的经济能力，并没有钱搞这么大的建筑，还有这么多设备，当地人也说不清他的钱从何而来。东方人的尸体？古布塔再次找到杨真，请她们来现场勘探。

肖亚雯看着手机上传来的一张张现场照片，她太熟悉那些东西了，他们一家人都熟悉。“正电子辐射断层摄影仪！”

杨真也用过那东西，但她在照片上却看不到它的影子。“你是说PET？它在哪里？”

“整个球壳都是，全世界都没有这么大的PET。杨真，你和这位印度警官说说，咱们得去现场勘察才行！”

第九章　破解谜团

现在是中印两国警方要共同解开一个谜，古布塔同意了杨真的要求。她们来到现场，要来折叠梯子，爬到穹顶，从烧毁的球幕破毁处探身进去检查后面的结构。

“看到没有？晶体射线检测器的接口，这里有，这里也有，整个球幕后面各种方位上都有。”肖亚雯边查边分析：“这就是一台改造过的PET！”

世界上没有哪个心理实验室搞过这种设备，怪不得印度警方找来的技术顾问也搞不清这里有什么。即使搞清楚它是什么，还要回答建造者用它来做什么！肖亚雯几乎已经悟出了答案。医学用来检查肿瘤的PET不必搞成这样。心理学实验中可以用它检查脑血流。然而，用仪器记录人类的身心活动，最大障碍就是很多仪器不能遥测，必须让人静坐或者静卧才能使用。这样只能记录安静状态下人的身心状态，与真实生活中的人相差太远。

肖毅创办新力公司，其中一个业务就是改造心理实验设备。对于能还原真实生活中人类身心变化的设备，简直是梦寐以求。肖亚雯长期在父兄那里帮忙，脑子里一直有这根弦，一望便知这里有什么古怪。

这个直径30米的罩子，就是一处实验空间。被试在里面吃饭、睡觉、学习、工作、交谈、抽烟、喝茶。无论做什么，巨型PET都会记录他们实时的脑成像。虽然这仍然不是真实的生活场景，但已经最为逼真了。

“两位专家，你们发现了什么？”古布塔站在下面问道。

“一个实验室。”杨真回答。

实验室？古布塔当然知道这是个实验室，当地警方早就得出这个结论，问题是它用来做什么实验。“生化武器实验吗？”

“这是个心理学实验室。”杨真顺着梯子下到地面。这里的一切，都让她联想到李文涛那间秘密实验室。

“心理学？坐在那里和人聊天的那种科学？它也需要这么精密的实验室？”

杨真拿起一片碎玻璃，它来自一台球幕投影仪。“他们在罩了里放映画面，可能还会配音效，然后记录人体置身于这些声画效果中的反应。”

“这样……这能有什么用？”

虽然古布塔已经掌握了大把证据，却无法从里面得出结论。花1亿美元搞这么个东西，伯尔帕德到底要干什么？他是天才还是脑子有病？显然，答案就在这一地残骸里面，但是他却看不出来，他不具备相应的知识。

“他在……他在引导一种正向的躯体化。”

杨真也是组织了一下语言，才能描述她的推论。就连肖亚雯都愣了一下，正向躯体化？心理学没这个术语啊！刚才杨真讲的是英语，莫非是她用词不当？

“所谓躯体化，就是心理变化在身体上产生反应。”杨真向古布塔，也向肖亚雯解释自己的推理，“以前多是医生关注这个问题，所以他们只研究负向的躯体化，什么心血管疾病、哮喘、头痛之类。总之，都是消极心理活动如何引发疾病。但是，肯定还有一些心理活动会引发积极的身体变化，提高生理机能。古代的宗教修炼，现在的生物反馈技术，体育界的动作表象训练，都是正向的躯体化。”

杨真在废墟里走着、找着、讲着：“你们看，这个架子是放‘热量测定仪’的，这个平面上应该有一台气体分析仪，那个变形的圈属于一辆测功率的自行车……总之，这是个放映厅兼运动机能实验室！我估计，放映的就是根据“红书”资料改编的视听资料，用它们诱导心理活动，进而激发生理潜能！或者说正向躯体化。”

肖亚雯也完全搞清了室内布局，是啊，当初她给杨真设计的机能恢复室与这里何其相似。忽然，肖亚雯踩到了一件东西上。它就像舞厅里的灯具，只是更细，更长，现在已经烧得面目全非，可肖亚雯一看就知道它是什么。

“天啊……”肖亚雯喃喃低语，拿起那件东西翻来覆去地查看。厂家标识早就被烧焦了，但是她知道，世界上只有一家公司能生产它。

肖亚雯掏出电话，拨通哥哥的号码。“PET核心部件，筒形探测器，你卖到了印度？”

“是啊，你怎么知道的？”肖亚霆知道，妹妹平时专注开发，很少关心销售的事。

“你卖了多少台？”

“20台还是25台，我得去查查账……怎么，有问题吗？”

“问题大了，快把用户信息发给我！”

那个用户信息没什么用，买主是家临时注册的公司，其业务就是从各处甚至各国购买实验仪器，现在已经注销。肖亚雯带着杨真在现场找了一圈，至少找到7台筒形探测器的残骸。

“如果25台都用在这里，信号范围正好覆盖整个场地。”肖亚雯摆出双臂环抱的姿势，“也就是说，一个人可以在这个场地里自由活动，仪器能够及时捕捉他们的脑活动信息。”

“这个……”古布塔能听懂她们说的每个英语单词，却仍然摸不着头脑，“杨警官，肖女士，你们在推理时依照了怎样的逻辑？”

推理的逻辑？不，杨真讲不出推理的逻辑，她靠的是从心理实验室中磨炼出来的专业能力。如果有人把所有这些仪器设备集中在一起，只能派这个用场。

但这个结论怎么向外行解释呢？

只有让他们亲自体验才行！

◆ ◆ ◆

“天啊，真是他！”

“你最后一次见到他时，他是这个样子吗？”

“不是，他完全像个疯子。”

“我是指他的格斗能力，以前他也能这样吗？”

“这我不知道，除了被绑架那次，他动手时我都不在现场。只听描述，判断不出高低。”

……

此时，萨拉什卡和古布塔坐在一起，听着警察局里面的录音回放。杨真一行来到警局辨认证据时，她们之间也用中文交谈。警局里并没有中文翻译，古布塔和两个中国人、一个俄国人之间都用英文对话。当她们讲中文时，古布塔佯装不解，暗中录音。现在，他们找来翻译，研究她们之间的对话。

“你看，她们的重点不是范，而是这个中国青年，她们早就知道他身上有问题。”萨拉卡什感觉自己才走在了正确的方向上，古布塔这个地方警官，眼界就是没有他高，“文件上说，杨真供职的不是一般警察部门，而是某个与高科技有关的秘密部门。莫非这人是他们的实验品？中国人在用药物或者电子设备制造超级战士？”

“不会吧，那两个人既然自己就能做这种实验，又来印度找什么？”古布塔指出对方的漏洞。

“因为这里有‘红书’资料嘛！也许效果比现代科技来得更快。”

印度不乏有人留起大胡子，穿上瑜伽服，再背几段从《吠陀》里挑出来的语句，专门骗那些向往古代文明的外国人。然而，古布塔从来不相信它们的效果。那个被烧毁的实验室才是关键，也许它事关国家安全。

杨真进入现场后，马上与国内联系，将这里的一切汇报给调查处。史青峰带着范东风的生物数据赶来印度，通过对比后认定，被烧死的东方人就是范东风。

“他不光是被烧死，身上还有很多伤痕，重物砸过，锐物刺过，好像是与谁格斗过。”古布塔介绍着警方在现场的勘查结果，表现出合作的诚意，“另外一名死者马图尔也是这样，在窒息前格斗过，受了重伤。”

“马图尔有精神病史吗？”

“没有，你怀疑他像范一样，精神病发作？”

杨真知道，古布塔从亲戚那里找到了影音资料。“我建议找一家球幕影厅，把那些视频播放看看。”

是啊，既然最终秘密都在“红书”资料上，为什么不仔细看看它的数字版？古布塔接受了这个建议。就这样，他们在孟买找了家球幕影厅。三个中国专家、阿婕莉娜与印度警官们一起进入球幕影厅。

灯光暗下来。一团亮光在他们面前绽放，逐渐幻化成一个五花筒般的形状，变幻着，闪烁着。万花筒一圈圈扩大，最后占据了整个球幕。这幅图取自“红书”的原始资料，荣格将它命名为“金色城堡”。图案原型来自中国道教秘籍《太乙金华宗旨》，同时还参考了“死海基督教文卷”中的某些装饰画。

然而，这不再只是素描，而是一段动态视频。“金色城堡”反复绽放，不停变动，配着若有若无的音乐。嘶——嘶——嘶——呼——呼——呼——

“这是近似胎声的声音！”肖亚雯在杨真耳边低语。

“胎声是什么？”

“胎儿在子宫里听到的声音，是母亲各种器官活动产生的综合音响，也是每个人最原始的声音记忆。”

杨真点点头，又将食指竖在唇边。不，不要思考，不要辨别，要体验，要沉浸其中。杨真有心理学基础，深知配合的重要性。只有先相信，才会达到完美的效果。

一棵大树出现在黑暗的虚空里。树干很粗，枝叶稀疏，一团暗红色的光球悬浮在枝叶的缝隙里。一道道光线从它上面放射出来，光球由许多红、黄、绿、蓝的色块组成，本身色彩比那些光线暗得多，看上去像是一个由马赛克组成的日食图案。

荣格将这幅图称为“爱的胜利”，它的原型分散在从新西兰毛利族保护区到津巴布韦石头城在内的广大地区里。

“红书”的原图被加工成视频后，感染力强大了许多倍。杨真注视着那个太阳，感觉自己像要融化进去。接下来又出现了旋转的飞球、游走的灵蛇、从天而降的寒冰、放射着金光的门。伴随这些幻象，杨真觉得身体忽冷忽热，心跳忽疾忽缓。

也许是漫长的半天，也许只有十几分钟。突然，黑暗中有人大喊一声。砰！哗啦！又响起一阵嘈杂的声音。放映员立刻中断了视频，开亮灯光。大家仔细一看，后座上一名印度女警官披头散发，双眼通红，手里拎着一截座椅扶手。不知哪来的一股力量，让她将扶手从座椅上拧了下来。

杨真认识这个女警官，双方沟通案件时，她会在一边做记录。看到她这样，古布塔和其他印度警官都围上去，大家用力才把她控制住。

“你怎么了？”肖亚雯指着杨真的脸，惊诧地问。她这才发现自己泪流满面。史青峰和肖亚雯没有着魔，刚才他们望着这些画面，一直在思考、判断、比较、分析，这让画面的感染力大为下降。

好半天，那个印度女警官才平静下来。她告诉大家，刚才她感觉自己的身体在缩小，而周围一切都在膨胀。古布塔成了巨兽，自己还不到对方的膝盖高。天棚上的悬着的投影仪更是有山顶那么高。她担心自己会被周围的人当成蚂蚁踩死，恐惧之中掰断扶手，用力挣扎。

一片混乱中，肖亚雯把杨真带到一边，小声警告。“妹子，对那些视频，你可不能太投入。”

“怎么……”杨真刚刚把脸上的泪水擦干净。

“这是人为的解离过程，非常厉害。我爸妈当年研究过，它会导致智力下降、人格衰退。”肖亚雯非常严肃，杨真从未看到她会这么认真，“你可别试着去体验，千万别试！”

“好的……我只是想体验一下他们的感觉，想试着进入他们的思路。”

她们还想再回到摄影棚现场去勘察，这次却被古布塔拒绝了。“抱歉，我也是执行命令，有更高层接管这个案子。”

回到住处，杨真、史青峰和肖亚雯商量着。或许是身为男性，史青峰更习惯从权力方面考虑问题，“他们可能会扣住王鹏翔。”

“为什么？”

“你们已经看到原型的威力了，这种心理干扰手法，如果能做到收放自如的话，这就是一种超级战士训练法！”

“那怎么办？”肖亚雯慌了。

“可能得请Kati姐过来。”杨真建议道，“她熟悉印度法律，可以帮助我们维护王鹏翔的安全。”

“原型”也好，“红书”也好，并不是什么秘密，光是讨论它们的著作就不知道出版过多少种。荣格这些理论提出来快有一个世纪了，迟迟得不到学术界承认，就在于没有科学的实证检验。最初是没有足够先进的仪器设备，现在则是没人愿意准备资金研究这类怪力乱神。

现在，终于有人拔掉了卡在现实与理论之间的塞子。

可是他们非疯即死！

“王为什么不报警？为什么不和我联系？”直到这时，阿婕莉娜还不理解事情的危险性。

肖亚雯双手扶着她的肩膀：“姑娘，你得有思想准备，他现在可能是个精神病人！”

◆ ◆ ◆

两个嫌犯消失在西高止山脉中，他们有可能杀害过十几个人！普通警察对付不了这等凶徒，搜山任务已经由工业保安部队接管。杨真等人作为中国警方代表，并不能在异域参加围捕任务，只能坐在后方观察事态进展。蔡静茹从国内飞过来，利用国际法，还有印度法律的条款，为他们争取到在警方行动总部观察的权力。

“天啊，如果他真杀了人，那可怎么办？”阿婕莉娜扶在肖亚雯肩膀上痛哭着，“他们会不会打死他？”

“只能看他的精神状况了，找到他们后肯定会做司法精神病鉴定。”蔡静茹安慰道，“在印度，精神病人也不用承担法律责任。”

“也许他不会杀人。”杨真听过他们的故事，被这个俄国姑娘的执着所感动，“王鹏翔和马立克没有深仇大恨，他只是去帮伯尔帕德的忙。”

杨真对这个推论很有把握，但她不敢正视另一个问题。范东风是被打晕后扔在火场的，他到底死于谁之手？王鹏翔一直不和亲人联系，难道不是因为负罪在逃？

就在他们忐忑不安之际，萨拉什卡带队出发了。依靠多年训练的保安部队，他坚信足可以活捉那两件人形的武器。一定要活的，一定要掌握那种不可思议的魔力。

一百名保安部队队员携带着非致命武器，分成数组，乘坐直升机进入阿奈穆迪峰一带。这是西高止山脉的主峰。当地居民向警方报告，发现过外形类似伯尔帕德或者王鹏翔的流浪者。当地警察在密林中找到过新鲜人粪，周围居民点还丢失过食品、饮水和药物。

根据这些线索，特种部队将搜索范围确定在方圆几平方千米之间。这里有悬崖峭壁，也有大片平坦的竹林和树林。几架直升机在丛林顶上盘旋着，轰鸣声震耳欲聋，萨拉什卡希望用它惊起猎物。直升机配有红外探测仪，可以监视下面大片林区。100多名保安部队队员从10架悬停的直升机上索降下去，消失在丛林中。

萨拉什卡坐在一架直升机上指挥着搜索任务。很快，目标出现在红外探测仪的屏幕上。“第三小组，目标一人，正在你们右边30米！”

下面，第三小组的几个队员马上停下脚步，转向右方，一路跟踪下去。其他小组听到消息，也从四面八方围上来。密林里肉眼只能看到20米左右，保安部队仗着人多，散开队形搜索着。

“他就在前面！”一个队员眼尖，率先发现了人影。几个队员马上蹲下来，朝人影消失的地方射出震爆弹。这东西可以发出令人眩晕的巨响，但不致命。

闪光和巨响过后，保安部队迅速包围上去。“他不动了，活捉回来！”萨拉什卡看着红外探测仪上的信号，兴奋地下着命令。保安部队冲到一棵大树后面，只见一个破衣烂衫的人趴在那里，一动不动。

保安部队放下心来，这种情形他们经常在发射震爆弹后看到。不管什么盖世英雄，也抵不过这种高科技武器。不过，他们要迅速把这个人绑起来，最快几十秒后他就会清醒过来。

两个保安队员拿着尼龙绳，一左一右围将上去，他们的手同时按住此人双臂。长年累月他们就在接受这种训练，动作配合准确无误。但这一次，趴在地上的人突然弹起来，仿佛身体下面有个巨大的弹簧。人还在空中就转身仰面朝天，巨石般落下，把两名士兵压在身下。

这个动作完全不是人体能够完成的，见过各种阵仗的特种兵都呆住了。第一个清醒过来的保安队员立刻端起电击枪朝他射击。抓捕对象顺势从地上拎起一个人，像抓沙袋那样轻松地横在身前，挡住那一击。

这群保安部队队员手里拿着网绳枪、麻醉枪和催泪弹发射器，就是没有杀伤性武器。这个乱发长须，满身污垢，看不清面目的人吼叫着冲到他们中间。自投罗网？太好了，保安部队队员一拥而上，将他围到中间，准备用肉搏术将他撂倒。

直升机巨大的轰鸣声压倒了地面上的动静，萨拉什卡坐在直升机上，盘旋于目标上空。丛林枝繁叶茂，让他看不清下面的形势。但是红外探测仪却明明白白地显示着那群人聚在一起，却不知道在做什么。这情形有点怪异，不符合任何作战规程。

“第三组，第三组回答，现在情况怎么样？你们在做什么？”

没有回答，萨拉什卡从舱门口探出半个身子，焦急地望着下面。突然，一道白烟从枝叶间升起，向直升机飞来。萨拉什卡下意识地缩回身子，白烟撞到机舱壁上爆开，一股辣味钻到他的鼻子里。

“催泪弹！”驾驶员急忙把直升机拉起来，又有一颗催泪弹从下面飞上来，打到机身底部。“天啊，逃犯有武器！散开。”

几分钟后，其他小组的队员赶到这里，找到两具尸体和几个重伤员。为抢救这些士兵，保安部队又是一阵忙碌，直升机来来往往。等恢复正常，继续展开搜索，目标早就不知去向。

“给部队配发枪支吗？”一个部下问道。

“不，一定要活的。”看到这种惊人的场面，萨拉卡什愈发想得到那个秘密。

这次，每个小组的士兵都紧凑在一起，枪口指向周围，随时准备发射震爆弹和催泪弹。这种队形并不利于大范围搜索，但却可以避免对方偷袭，防止损失单个士兵。

直升机上的催泪弹发射器也打开着，随时准备开火。天上地下相互配合，大部队小心翼翼地搜索着。

目标在逃跑时一路都留下脚印，引着他们走出树林，进入一片竹海。这里的视野更受限制。直升机飞得更低，随时准备支援地面部队。逃犯刚消灭一小队士兵，但他最多只能抢走几件非杀伤性武器，腹部配有装甲的直升机并不在乎这些东西。

“他在前面！地面部队散开，先不要动，等我们用火力覆盖。”

目标再厉害也逃不过红外探测仪，萨拉什卡再次将他锁定。直升机迅速飞到目标上空，一颗颗催泪弹射了出去。

“各组准备……”

突然，下面的竹海剧烈抖动起来，两只被压弯到地面的长竹并排弹起来，像抛石器一样将一个人弹到半空，画着弧线，朝着直升机敞开的舱门飞过来。萨拉什卡下意识地扣动扳机。等看清空中飞人穿着保安部队队员制服时，已经有一串子弹打到对方身上。士兵的身体撞到机身上，溅起一片血迹，又坠落下去。

这个惨烈而怪异的场面让机上所有人都愣了片刻，结果，当第二个人影又被粗竹弹上来时，他们都没有反应。直到发现这个人破衣烂衫，再想扣动扳机，此人已经准确地飞入舱门，将射手撞倒在地。

萨拉什卡下意识地想扑住对方，却被一股强力击中胸口，后背撞在机舱上。此人不收来势，一把扭住前排的驾驶员，从对面敞开的舱门跳了出去！两人都飞到空中，此人立刻松手。驾驶员惨叫着摔下去，袭击者却抱住一棵粗竹，减缓下落速度，消失在竹海里。

整个动作连贯自然，仿佛杂技团的空中飞人表演。失去控制后，直升机旋转着朝下面栽去。萨拉什卡强忍剧痛，爬到驾驶员位置上，拼命地重新控制机身。螺旋桨搅碎一大排竹子，大片绿叶在空中飞舞。直升机倾斜着拍在地面上。萨拉什卡迅速翻出机舱，爬起来奔向远处。轰！一股气浪从后面将他托起，推出好远，直升机被烈火浓烟吞没了。

萨拉什卡翻坐起来，一股剧痛袭击上来。他努力支撑着自己不要昏迷。潜意识里有个声音提醒他，目标不会借机逃跑，那人虽然异常凌厉，但似乎已经失去判断力，被嗜血的欲望彻底控制。所以，当浓烟中有个人影冲出来时，萨拉什卡毫不犹豫地连连射击，打光了所有子弹。

然后，萨拉什卡喘着粗气，捂着流血的伤口，去看他的战果。这次他赌对了，地上躺着一个蓬头垢面的人，正在血泊中抽搐。一大群保安队员持枪围过来，十几只枪口对准这个恐怖的躯体，直到他一动不动，血流成河为止。

死者是伯尔帕德，这让萨拉什卡一点也不兴奋。那个据说更厉害的中国人并不在场。整个搜索过程中，他们都没发现王鹏翔的踪影。

“继续搜索，找到那个中国人！”

第十章　如洪水似猛兽

“他没死？太好了。”杨真掩饰不住兴奋，“这位俄国女性是王先生的亲属，我们可以帮助你们找到他！”

听到王鹏翔没和伯尔帕德搅在一起，杨真稍释重负。古布塔也不想再出意外，便同意中国警员不带武器进入搜捕地区，协助他们进行抓捕，条件是要有印度警察陪同。阿婕莉娜自告奋勇，准备在发现王鹏翔时出面说服。蔡静茹留在领事馆进行法律交涉。

他们刚刚就位，当地便有人报告说，在护林员宿舍附近发现可疑的人影。很快，一行人来到一幢护林员小屋前。这是雨季，没人值班，屋子里也没有值钱的东西，护林员通常关上门就不再管，等到干季再回来。上午，附近山民发现一个流浪汉，很像中国人。周围没有山洞可以藏身，这间护林员小屋便是最显眼的目标。

杨真推开虚掩的门，走了进去。炊具不久前才被用过，里面还剩下一些绿色汤汁。这里没有加工过的食品，甚至没有吃剩的食品袋。杨真拿起饮具闻了一下。

“这是什么？”

“野菜和野蘑菇煮的汤。”肖亚雯接受过野外生存训练，见过这种东西。

他们又翻找周围的家什，从床铺下面找到两张照片。一张是王轩，另一张是谢尔盖。“天啊，他终于……和我父亲走上了同一条路。”阿婕莉娜捏着照片，呆坐在木床上，眼泪喷涌出来。许多年前，谢尔盖抛妻舍女，投身荒野，就是想寻找无上的身体潜力。

如果王鹏翔就在附近，发现有群人找上门，肯定会远走高飞。杨真与古布塔商量，印度警员不妨散去，让她们留在这里，等王鹏翔回来后，她们说服他自首。

“你确信能办到？”联想起凶性大发的伯尔帕德，古布塔将信将疑。

“我想试试，反正，最好别再有伤亡。”杨真说道。

“也许看到我们，他会有安全感。”肖亚雯自信还能算王鹏翔的亲人。

好吧，古布塔带人离开这里，给她们留下当地警用手机，必要时可以向山下呼救。史青峰刚接过手机，又被杨真要了过去。“你最好也离开。”

“为什么？”

“你也是陌生人，他看到你，也可能会不愿意出现。”

“可他也不认识你。”

“我是女人，相信他不会朝我动手。”

史青峰非常担心，但是拗不过她们，只好和印度警方下了山。余下3人在这里住下。一夜无话。第二天清晨，阿婕莉娜刚打开屋门，一个男人便出现几米外。他半裸上身，蓬乱的头发和胡子里埋着王鹏翔稚嫩的面孔。

“王！”阿婕莉娜率先跑上去，却被这个人恶狠狠地推开。

“昨天来了很多人！都是你带来的？”

阿婕莉娜闻到一股恶臭，王鹏翔生活在密林中，已经不知道多久没洗澡。她的父亲谢尔盖虽然在西伯利亚隐居过更长时间，还能保持普通人的卫生习惯。这是一个人的精神是否正常的底线。

不，这不是以前的王鹏翔，他已经完全不在乎自尊。阿婕莉娜望着他的外表，僵在那里，她终于相信了肖亚雯的预言。可是，即使他已经疯了，难道就让他埋身原野？

“王，不管你发生了什么变化，都请你和我回去，香港、北京，或者任何我们一起待过的地方。”

肖亚雯也走了出来。

“肖阿姨，你也来了？”王鹏飞翔终于说句温顺的话。

“我们都是因为关心你才跑到这里。”肖亚雯在他面前还能撑起长辈的架子，“王鹏翔，你不能在这里，会生病，会被大蟒吃掉。”

杨真守在屋子里，不敢贸然出现。在两个亲人面前，王鹏翔还有点理智，但她可是陌生人。杨真隔着门缝向外观察。王鹏翔慢慢转着圈，低着头，好像在思考什么。

“王鹏翔，跟我回去，我们单独建个实验室，你在里面慢慢练……”

“你去过圆顶！”王鹏翔突然抬起头，瞪着肖亚雯，眼神里一点也没有亲情和友爱，“一定是印度警察带你去的。”

肖亚雯也被他的目光吓住了，三个月前见面，他还是个知书懂礼的男孩子，肖亚雯再有预感，也没想到会变得这样。她长吐了一口气，强作镇定。“那不重要，你不是还要修炼吗？我们回去重新开始……”

“不，你们是来骗我回去的！”王鹏翔突然东张西望，“你们在麻痹我，周围埋伏了很多人！”

阿婕莉娜和肖亚雯都知道王鹏翔恢复了原始人的感知能力，但是她们并没有在附近埋伏人，难道是过路的山民？

“王，你可能有误会，我们……”

王鹏翔停止搜索，像豹子一样跃起来，扑向密林中的某个方向，但是却从空中跌倒了，摔在地上翻滚起来。“王，你怎么啦！”阿婕莉娜想扑上去查看，被肖亚雯一把拖住，她预感到印度警察还是在周围埋伏了人。

王鹏翔挣扎起来，又滑倒在地，腹中如翻江倒海一样。他挨了微波辐射枪的射击，内脏产生强烈的谐振。这种枪可以使人因为恶心，瞬间失去抵抗能力，但那不是为王鹏翔这种超人设计的。他再次站起来，扑向密林，突然又捂住双眼，跪了下去。

“天啊，这都是什么武器？他们在伤害他！”阿婕莉娜也看明白了情况，密林中藏着很多警察，使用着她无法理解的武器。

“我的眼睛，眼睛……”王鹏翔一只手捂着眼睛，一只手四处挥着，想挡开贴近的敌人，那是被激光致盲器命中的结果。杨真见状，立刻推门走了出来。

“古布塔警官，你违反了约定……”

她咽下了后半句，史青峰端着粘连液喷射器从密林中跑过来。“抱歉，我不放心你们！”史青峰声音刚落，王鹏翔迅速抓起一块石头甩了过去，正中他的防弹背心。史青峰向后跌倒，王鹏翔石头出手，人也跟着扑上去。史青峰赶忙射出粘连液，王鹏翔脚下一滑，摔倒在地。

萨拉卡什带着保安部队队员现身出来，捕捉网、电击枪、麻醉弹纷纷射向王鹏翔。“停停停……”杨真拦在他们面前。“他已经昏迷了，快住手！”

保安部队远远地围着，手里的非致命武器仍然端着，谁也不敢靠近。看到王鹏翔躺在那里，一动不动，阿婕莉娜再也不避脏臭，扑上去摇晃着他的身体。杨真和肖亚雯也赶上去，查看伤情。

“他没事，没事，阿婕莉娜……他活着。”肖亚雯拉起俄国女孩，阿婕莉娜扑到她的怀里痛哭起来。

王鹏翔被关在特别监护室里，医生和护士都不敢走进去，只能通过窗口给他送食物。萨拉卡什从全国各地不同机构请来精神病专家，分别为他诊断。结果，三名医生认为他得了反应性精神病，两名医生觉得那是循环性精神病，还有两人认为这是某种尚未记录的特殊癔症，最后还有一个专家，对他是否患有精神病拿不定主意。

所有这些专家都在鉴定书上写了相似的附注：由于病人十分危险，无法与之直接接触或交谈，此鉴定结果仅靠目测其行为表现，望参考时注意。

当王鹏翔愿意讲话时，他会有条有理地讲出那段失踪的经历。他和范东风受邀，来到伯尔帕德的圆顶实验室。研究“红书”资料十几年，伯尔帕德当然不光是纸上谈兵，也曾经偶尔试练。一发现自己精神状态不对劲，就马上停住，始终未越雷池一步。

知道这两个中国人为此而来，他便通过马图尔邀请他们一起研究，所谓夏尔马的信其实是他伪造的。夏尔马是个老宅男，一切都由经纪人摆布，伯尔帕德随时能了解他的动向。

就这样，两个人进入圆顶，与世隔绝，修炼了两个月。每日里用各种设备测试体能。王鹏翔最先打通原型，表现出惊人的体能。伯尔帕德也下了决心，开始和他们一起修炼。不过，范东风却不愿意王鹏翔深陷其中。他有过一段精神病史，知道这种经历是多么黑暗。

然而，年轻气盛的王鹏翔却不想回头，又担心范东风透露出去，便与伯尔帕德共同将他软禁。范东风寻机点燃实验室，自己死于和马图尔的搏斗中。

就在这时，伯尔帕德发现家人被劫持。他的修炼已有小成，便决定和王鹏翔去搭救。看到妻子和女儿遇害，伯尔帕德狂性大发，毙伤十数人。王鹏翔自始至终没下狠手，杀人是他的底线，即使在精神状态异常时也从未逾越。

大战之后，伯尔帕德精神完全崩溃。王鹏翔也不愿意再和他在一起，两人就此分手。然而王鹏翔并没有想要回到人类社会，他决定一直在密林中隐居。他认为自己仍然在修炼，实际上过着精神病人的流浪生活。

经过复杂的现场勘察，还有目击者的证词，都证明王鹏翔在卡拉里一案中没有动手杀人，只是参与了打斗。蔡静茹留在印度，她引经据典，不断交涉。鉴于王鹏翔异常的精神状态，印度司法部门最终决定对他免于刑事起诉。

萨拉什卡看到王鹏翔的精神状态，也放弃了在他身上寻找超级训练法的念头。这种精神修炼虽然成果惊人，但如果只能收获一群疯子，特种部队完全不需要。另外，通过与杨真以及其他科研部门的接触，萨拉什卡了解到，所谓身体潜能，主要来自大脑异常放电，脑啡肽、多巴胺、肾上腺素等人体激素的过量分泌，类似于吸毒，而毒品是有巨大危害的。或者拿猎豹做比喻，猎豹可以高速追击猎物，时速可以超过80千米。但猎豹若高速奔行时间过长，身体及脏腑就会承受不住，有性命危险……所谓的超能力，并不适合人类……

王鹏翔被打了麻醉剂，装上民用运输机送回中国。出了机场，见到杜丽霞，杨真接过自己的私人手机。刚一打开，发现有很多叔叔打来的未接电话，她马上拨打回去。

“杨真，你爸好像出事了，快回去看看吧！”

本集说明

1．本集科幻点来自“心身反应”，即某些心理变化可以激发一定的身体反应。人的思想感情作用于交感神经，可以直接影响人类生理过程。这类现象属于科学研究而不是迷信的对象。

2．在心理学史上，荣格被归为“精神分析派”，还曾被弗洛伊德称为本派的“王储”，但他们只是在大方向上一致，许多观点荣格都自成一派。

3．荣格是极少数深入研究非西方文化，特别是宗教文化的西方学者，但其本意仍然是要扩大科学的领域，克服科学的狭隘，而并非是想宣传这些非西方文化本身。

4. 各方面研究表明，所谓“神功”多是人工诱发的精神病理现象。“神功”拥有者不是超人，而是病人，切莫仿效。